蓝色的雨靴

U0355344

彭小梅 著

ECNUP
华东师范大学出版社

目　录

2012—2013

2009—2011

生活的写照

——读彭小梅的诗

小梅女士:

顷蒙惠赐尊著《潮湿的星期六》。拜读之余，深感你的作品，不但如屠岸先生所说“形式独特”显示你具有异于一般人的独特风格，更重要的是：你的诗，即你生命的写照。你的作品，大都情感真挚，是一种发自内心深处的语言，让人读来，很难不为之感动，不为之心折。我觉得读你的诗，不能只从字面上去理解，而须用心去倾听。尤其是那些写给某些人的诗，有如听见你心灵的私语，委实温馨感人。

自屠岸先生的序文中，得悉你的遭际。以是在你的部分作品中，管窥到你对诗之一往情深，并非没有原因。正如印度女诗人奈都夫人所言：“以诗的悲哀，征服生命的悲哀。”因而屠岸先生称许你没有被灾难击垮。诗，便是你在人生战场上高举的一面胜利的旗帜。我对你这种“习惯将艰辛刻在门扉上”，以诗来抗衡生命的艰辛的精神，至表感佩。愿你继续努力。你可能“不敢挖掘／昨天”，但可尽力挖掘诗的宝藏。祝福你！

蓝　云

2010 年 6 月 21 日

（蓝云：著名诗人，台湾《乾坤诗刊》前主编）

2016

一朵红花

致 W.J

一朵红花盛开在璀璨的阳光中
仿佛轻而易举
只有花知道，盛开是花一生的梦
红花不是
生来就娇艳，是花与世界
持久不息的
抗争，酷暑寒冬，花枝亭亭玉立
不言不语

花蕾知道只有一天的花期，这是
上苍赐予的
之后就是凋零，永远的死亡
没有蜜蜂
传递花粉，花粉归向何处
花枝听到了
雨声雷声吗？那劈开天空的
闪电，是否

会劈开花蕾的梦？绿叶垂下
睡眠的眼睛
开花的过程，是生命面对危险的
过程，任何
天灾人祸都会不期而至，除了面对
别无生路

花枝是那么纤细，仿佛一阵风就能吹倒
花蕾又是那么顽强

柔嫩的花瓣要努力地舒展
舒展成红色的花
吸引所有的注视和赞叹
然后凋谢
花瓣轻轻飘落，香消玉殒
红花终于
完成了一生的梦，没有遗憾
没有悲哀

2016 年 2 月 14 日

我默默对你说

致 Z.L.H 诗人

当小夜曲缓缓奏响，我的思绪
天马行空
曾有人问我，是为谁写诗
我言简意赅
回答她，她不懂，她将
诗集搁置在
灰尘里。我爱生命，我更爱
诗歌

我守着诗歌，如同厮守着一堆
浑金璞玉
我在等待能读懂我诗的人
几十年过去了
等待不会写在脸上，而是
埋藏在
心灵深处；我和你狭路相逢在
诗歌中

诗歌因此风情万种，你
就是读懂
我诗的人，我找一个诗友有多难
难于上青天
我不知道怎样留住你，我
不会阿谀奉承
不会敷衍了事，我像诗一样真实
像诗一样多情

也许，一朵蓝色的勿忘我花
就能代表
千言万语，也许无尽的沉默
意味着一切
也许，千篇一律的情话依然充满魔力
你的幻影
在我心中念念不忘，愿思念
永远甜美

2016 年 2 月 7 日

昨天

昨天，是消失的未来。我们积攒了
多少个日日夜夜
只是为了证明，漂浮在涟漪上的
荷花，和那
晶莹的露珠，是永远不会消失的
我们在
夏日灼热的光芒里，展开
如梦似幻的

注视。荷花勃勃生机，粉红的
花瓣，是我们
望尘莫及的，我们那不可理喻的
疯狂，在时间里
一点一点地消散，我们错过的
风景已经
不堪回首，再也感觉不到
岁月的粗砺

昨天的悲哀，命中注定，没有人
理解的嚎啕大哭
刻骨铭心；湿透的记忆
不能告诉任何人
我们以一生的努力去攀折
幸福的葡萄

而不知道藤蔓边的等待
要等待多久

昨天，对于我们每个人是均等的
无论是喜是忧
我们不能掰开手指点数昨天
我们只能前行
时间像箭镞一样地逝去
头发还未白
孱弱就盯上了我们，不由我们
自己选择

2016年1月17日

听歌曲《如果这就是爱》

致 Z.L.H 诗人

如果这就是爱，当歌声充满美丽
就像红色的
玫瑰花在午夜时分绽放，我们
看到了
轻轻舒展的花瓣；在万籁俱寂中
歌声融化在
似水柔情中，歌声飘浮在纯净中
空气凝固

如果这就是爱，歌声一遍又一遍响起
百听不厌
歌声回荡在我们的青春里，
无须置疑
歌声破解所有情感的密码
让我们年青的
心昼思夜想，夜不能眠
在柔美中

忘记世界。如果这就是爱，歌声
如泣如诉
让苦难的荆棘和甜蜜的回忆

交织在一起
让岁月插上幻想的翅膀
让爱飞翔
穿过千山万水，在千难万险中
尘埃落定

如果这就是爱，让我们以生命
见证永恒的
爱。歌声就是心声，时间悄悄逝去
只有爱不变
我们在沉思默想中经历过太多的沧桑
永不褪色的
是爱的红色，是血的颜色
刻骨铭心

2016 年 1 月 10 日

2014—2015

听钢琴曲《雨滴前奏曲》

致肖邦

缠绵悱恻的钢琴声，深入人心
是一把利刃
深深地扎下去，却无伤痕
却不见血
要经历多少年，才能体验
刻骨铭心的
悲哀，要经历多少悲哀，才能以琴声
掩饰尊严

那不能回去的祖国，那昼思夜想的
故乡森林，
思乡之情只能对琴声诉说
琴声因此滴水
一滴；只是一滴，只有琴声有回声
水滴滴穿了
静谧，湿漉漉的静谧因此
显得甜蜜

在雨滴里听雨天，在琴声里
听人生
黑白键此起彼伏，如同时间的
抑扬顿挫
是谁找到了第一个和弦，是谁
听见了顿悟

在狂风暴雨中，是什么样的光芒
划过灵魂

在琴键上留下指纹。那些姗姗来迟的
美丽姑娘
弯曲一下膝盖，就飘然而逝
那不是
你的新娘，那帮助你跋山涉水的
伴侣，就是
那硕大无比的钢琴，在雨滴中
让你获得完美

2015 年 12 月 12 日

烛光

致 L.G

圣诞节又来临了，我们忘记了逝去的一年
有意或是无意
摇曳的烛光，在眼前不停地晃动
摇红了
我们的脸庞，谁会去注意红色的烛光
谁会去
思索青春和热情。就这样
让圣诞节的

钟声为我们一次一次地敲响
红色的烛光
照亮了沉默的人们，每个人
都怀着各自不同的
希望，烛光照亮了虔诚的祈祷
照亮了
我们的注目，相视一笑
一切都在不言中

圣诞花盛开得红红火火，不要摘下
圣诞花瓣，
如同不要触碰烛光，烛光炙手
让烛光
燃烧在我们的心中，燃烧着肃穆

甜美的梦
在烛光中闪烁，在昏黄中
我们看到的

是美丽的图案。模模糊糊中，仿佛经历的
千难万险
都已化作烛烬，我们仿佛感到主的
沉重的手
已为我们指点迷津，我们体验到
主的慈蔼
再一次低头，只为自己表明
纯净的心迹

2015 年 12 月 5 日

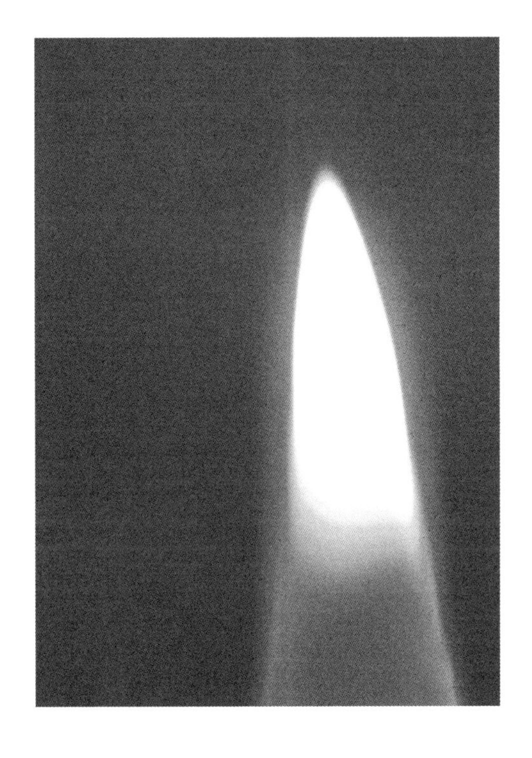

夜行车

致 X.C

寒冬的夜，寒气逼人，不能选择的狂风
呼啸着，满天
颤抖的繁星，点亮万家灯火。此时
有一个
若有若无的恳求，如一缕游丝
滑过黑夜
一个铁骨铮铮的男子汉站出来承诺
让人理解

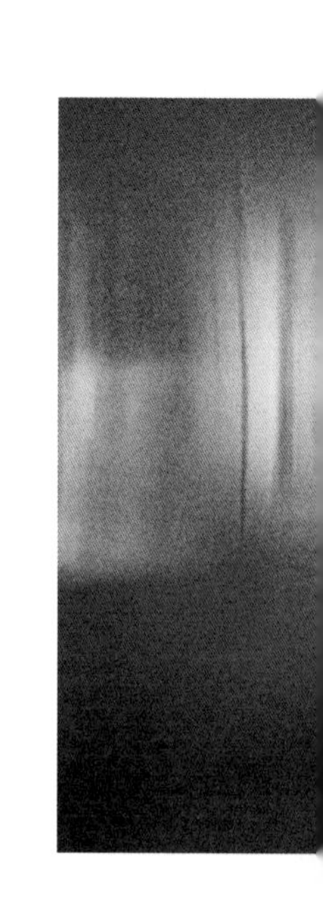

生死之交的内涵。轿车开始发动
静静的夜
开始震动，只为一个生命的存在
沉默开始燃烧
只为留下心的安定和手的庄严
那往昔的
所有侃侃而谈都成为发动机的
轰鸣的理由

那不祥的红绿灯，一闪一闪地亮着
车轮在不停地
滚动着，风驰电掣般地穿过
天堂与地狱
生命与死亡有多少距离，只有驾驶
轿车的

男子汉一个人知道，黑色的车影
留在大街上

一次一次的增速，一次一次的停车
轿车永往直前
生命从不能回头，如同噩耗从不长眼睛
时间就是生命
红色的十字架指引着心的方向
雪亮的车灯
照亮一望无际的焦虑和恐惧，照亮
新生的起点

2015 年 11 月 29 日

一条丝巾

致 Y.P

赠予你一条五彩缤纷的丝巾
表达五颜六色的
友情，友情是看不见摸不着的
丝巾是真实的
丝巾留住了青春，留住了美丽
信任如同
丝巾缠绕的颈项，冰肌玉骨一样
亲密无间

那红色的花朵是娇艳的，即使
没有绿叶的
扶持，依然姹紫嫣红
永不凋零的
花瓣，会提示你某天某人
给予你的关注
丝巾就是思念，思念永远
不会改变

丝巾就是一堵看不见的墙；风起了
丝巾飘起一角
雨来了，打湿了丝巾的一角
就像友情
始终与你风雨同舟；即使
你脸颊上
有几颗泥点，丝巾依然让你
光彩照人

真心的喜悦，让年轻的心
怦然悸动
让无法排遣的寂寞和孤独
化为碎片
没有说出的友情和牵挂
如花似玉
保留在深深的祝福中，保留在
深深的缄默中

2015年11月14日

良师益友

从小在五颜六色的书丛中走来走去
书一声不吭
仿佛世界上，只有书不会伸出援助的
手臂；书静静地
排列在书架上，书不会对于无知者
说出教诲和告诫
语言像隐身术一样高深莫测
不能看破

直到有一天，我偶然捧起书
像找到一个
精美的玩具，翻来翻去爱不释手
书打开了
世界的大门，无数的英雄和美人
穿过千山万水
涌入我的目光里，我选择了书
选择了孤独

在无人诉说的骄傲里，周围尽是
铁蒺藜
空洞的灵魂去远行，去远方寻找幸福
而柔情的

呼唤，就在书中，就在我手边
菲薄的纸
承载着永恒的热情和迷惑的梦
我读懂了书

我模模糊糊读懂了生活
我成为一个
书呆子。人生中有一个故事
不是悲就是喜
也许是悲喜参半；不一样的命运
只有相同的
死亡，让人们不分彼此
无怨无悔

2015 年 11 月 1 日

金色的桂花

桂花飘香的日子，是美丽的秋天
我们寻找桂花
就像在茫茫都市里寻找朋友
或是低头
或是仰望，桂花没有透出一丝消息
芬芳弥漫着
前街和后街，为了留住花朵
没有人采摘

没有人知道，在墙角落里，
有谁哭泣
有谁欢笑，金色的桂花
陪衬着
整个世界的喧嚣，而默默地
盛开着。
谁看到了桂花，谁就是
幸存者

我们被芬芳前呼后拥，停下脚步
只是渴望
更近一点窥探桂花盛开的秘密
我们用一生的时间
追寻花朵的辉煌和旖旎
没有人看见
当一阵北风吹来，花的絮语
是一地金黄

我们陶醉在花香里，仿佛生命可以在
浓郁的
芬芳里延长；桂花年年盛开
而我们
终将年年老去，将金色的花瓣留在
回忆里
留在时间的暗影里，而不问
死亡的威胁

2015 年 10 月 17 日

读《人论》

致恩斯特 · 卡西尔

在心如止水的时候，读你
你的侃侃而谈
让我们成为沧海一粟
不佯装无知
当一连串的名字掠过字里行间
我们望而生畏
奥林匹克山上的众神缓缓起身
三山五岳震动

你告诉我们宗教最推崇的
是心灵的纯洁
人们将纯洁的少女供奉在圣殿上
我们将
纯洁留给自己，保持纯洁有多难
在物欲横流的
世界，你站在哲学家的高度
让我们恍然大悟

我们沿着栩栩如生的语言遁入迷宫
你手执
阿德涅彩线引领我们走出彷徨
你谆谆告诫
艺术不是游戏和醉酒，艺术不仅仅
是直觉，而是

创造的过程，我们刻骨铭心，任凭
时间喋喋不休地争议

相见恨晚是一个成语
我们读成了
动词，还要在青春的词尾
再加上
一个惊叹号。不幸中的大幸
是我们
终于在五光十色的玻璃窗外
没有错过你

2015 年 10 月 8 日

读《金蔷薇》

致康 · 帕乌斯托夫斯基

当一个老兵离开战场，如同一颗
子弹离开枪膛
他将婀娜多姿的少女交给巴黎
一并将长官的
心事托付给信任；少女消失在
五彩缤纷的
都市中，似水柔情没有消失，在老兵心中
无声地增长

出生入死的昨天已经结束，毛骨悚然的
人生还在继续
那个关于金蔷薇的传说，就在解下
手榴弹的
危急时刻，都不曾离开过老兵心中
幸福不仅仅是
一个美丽的诱惑，更是老兵生存的
一缕阳光

老兵每天起早贪黑，打扫着纸醉金迷的
街道，城市之光
闪闪烁烁，老兵握着扫帚柄
如同握着
生死相依的金蔷薇的传说
只有夜深人静时

老兵用热情筛选着垃圾里的金屑
乐此不疲

日复一日，年复一年，老兵的鬓角
开始泛白
当金子终于打磨成一朵金蔷薇
老兵是默默无言的
哑弹，只有月光分享他的喜悦
听说少女
去了美国，老兵濒临死亡的手
再也托不起金蔷薇

2015 年 9 月 8 日

读《船夫日记》

致凯尔泰斯 · 伊姆莱

你没有诉说奥斯维辛集中营上空的月亮
被焚尸炉的烟
熏黑了，冰冷的钢丝网，网住了
惨淡的月光
那些永远死亡的囚犯，将囚衣
扔进火焰里
只有你小心翼翼掩饰的目光里
透出无依无靠

那些不能诉说的恐怖，铭刻在
字里行间
我们在成千上万的情绪中，和你一起经历
流血的沉默
和你一起经历没有明天的黑暗
当真理沉睡
铁锹和铲子正搬动沉重的岁月
命运之烛

点亮你的睿智。在你娓娓道来的
语言里
是你创造出永不枯萎的玫瑰
那生命的露水，就像岩石一样坚不可摧
风雨中的

每一片树叶，都隐含着无人知道的
痛苦与孤独

我们像陀螺，旋转在惨淡的月光下
不顾及
时间的流逝。生命只有一次
我们不需要
斥责和告诫，在一次又一次的
挣扎中
我们学会和你一样直面死亡
无怨无悔

2015年8月30日

薰衣草

致 L.J.M

你是一棵被遗忘的薰衣草
但是薰衣草
不戴眼镜，薰衣草是紫色的
还散发着
芬芳，没有人能听懂薰衣草的
细细的语言
薰衣草就这样自生自灭，被
春风拥抱着

被夏雨浇灌过，薰衣草无处可逃
狂风暴雨
摇曳着，柔弱的薰衣草
随时都有
倾伏的危险；千难万险威胁着
那低低的
风吼，让人毛骨悚然，谁又不惧怕
死亡的威胁

你不愿意做一棵薰衣草，你可以
带上幻想和迷醉
沿着鞋印指出的方向周游世界
无须对任何人
作出承诺。你爱过，也许这爱
还没有消失
恨是否啮咬着你的青春年华？可曾
在心上留下疤痕

没有男人注意你的时候，你不及
一棵薰衣草
而当爱重生的时候，你又会光彩夺目
你红色的
丝带挂在哪一个心愿上？我猜不出
遇见你
是一种偶然，寻找你如同
寻找一棵薰衣草

2015 年 8 月 8 日

热

朋友聚集在炽热的廿九楼，我们信手拈来的
欢声笑语
让空间胀得满满的，那不记得多少年的
分别，让友情
弥散开来，夏日的风像友情一样地灼热
艰难险阻
是岁月的皱纹刻在心上，笑容像西瓜
依然甜蜜

不问明天，我们依然追寻着明天
沉重的
步履，像喧嚣的街道，回响在
都市中
宽广无垠的遐想冒出了白云般的
轻盈，在生命的
长河中，我们搜集时间的碎片
生命依然流淌

红色的瓜瓤浸透了青春的魅力
吐出的话语
是斩钉截铁的黑籽，那生存的勇气
让我们可以
心平气和地面对美味佳肴
不泄露心事

不是没有痛苦，痛苦在静谧中
尘封已久

悄悄话在欢乐中更是推心置腹
我们在
交谈中感悟，深邃的夜就像深邃的
思想，在目光中
凝固。夜终要逝去，我们在下一个
夜色中
继续寻找笑容，就像遗忘来去匆匆的
风声鹤唳

2015 年 8 月 4 日

目光

致 Z.L.H

冰冷的目光，只有在烈焰里捶打
在冰水里淬火
才能具有刀锋一样的锐利，穿越
钢筋铁骨的
城市，才能从错落有致的高楼大厦
寻找诗友
茫茫人海里黑压压的一片中，找到一个
诗友有多难

失去一个诗友又多么容易。我孤孤单单
站在街头
等到磨蚀了深深的鞋印，我找遍了
大街小巷
迷失在道路中，我没有扔下一块
粉红的
小手帕作为标记；我不能向
任何一人

陌生人，透露我的心事；就这样
怔怔地
站着，风霜雪雨打湿了我的目光
太阳的
璀璨光芒又晾干了痛苦和注目
我冰冷的心

因为岁月的冷淡，而不能完成
最终的单纯

你轩昂的影子出现在我的目光里
如获至宝
目光没有犹豫，目光没有怯弱
哪一首诗
能留住希望，能够留住你的关切
我在等待
一个奇迹，我在等待一个如花似玉的
诺言

2015 年 8 月 2 日

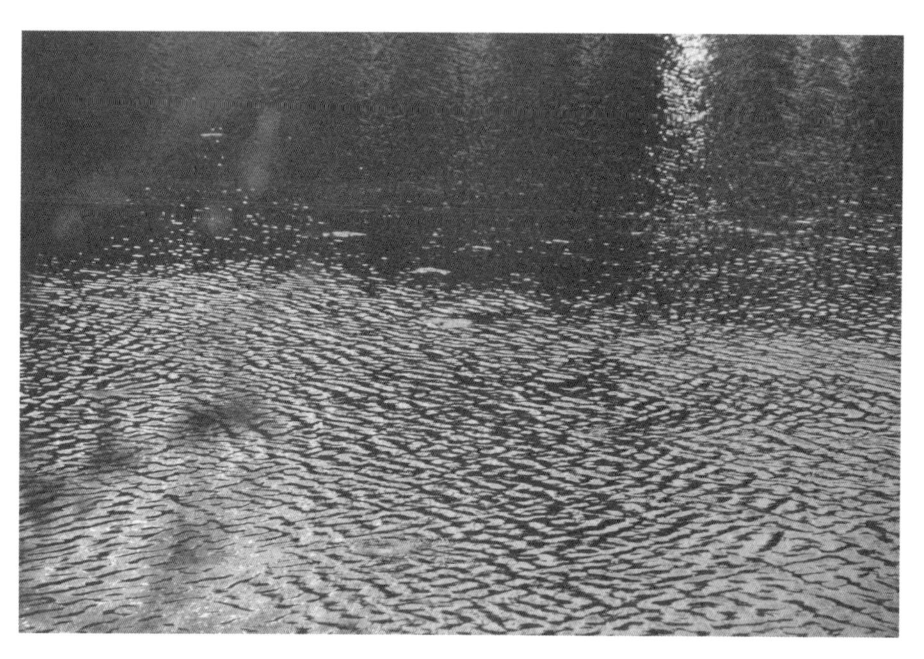

风平浪静

致 Z.W

生活在表面上风平浪静，有条不紊
静寂中
暗潮涌流。谁想用发黑的水治疗
相思；谁用蜜
涂在刀刃上，将谁扎进谩骂中
永世不得翻身
不管明天是否存在，人们不能永远
生存在仇恨中

而谁捡拾了妒忌，有谁用沉默
作武器
一百个无动于衷；无论时间多么漫长
没有爱的鞋

永远不合脚，削足适履那只是
一种传说
血徒然流淌在可能中，没有人
知道什么是可能

揭开隐私，让痛苦真相大白，而厮守
秘密，是一个人的
底线，谁来评判底线？失明的
眼睛不能
救助弱者，而炯炯逼人的目光
不是每个人
都具有，千难万险绝不会
放过任何人

不要心怀叵测，对他人的深仇大恨
也是对自己的
一种伤害，那难以治愈的心痛
让人怜悯
没有人知道结扎领口的领带
会不会
成为结束生命的杀手，无论有着
多少青春时光

2015 年 7 月 17 日

读《星星·月亮·太阳》

致 H.S

没有人感觉到白昼的惬意
黑夜的深沉
谁经历了白昼与黑夜的鏖战
谁就懂得了
人生；月亮裂变成残月，或是太阳
变成夕阳
后人在摸索谜底，在寻找答案
太阳和月亮

是同归于尽，或是各领风骚，任凭
后人指指点点
一摞一摞的情书不会站出来辩护
沉默的人
已经永远沉默，心驰神移的死者成为历史
那些旧照片
发黄的思念也记录了
一代人的绚烂

才子爱佳人，无可非议，只是不露出
龌龊的
马脚，世界就无所谓厚此薄彼；无论笑容
是可爱或是诡谲

或是阳光般璀璨，只要不让另一颗心
受伤，如果受伤
谁来舔血，谁来拯救痛苦和悲哀
谁是替罪羊？

谁爱过，谁就知道星星的不容易
谁就知道
那些热烈的情话穿透信纸
穿透岁月
凝固在太阳和月亮的光芒里
而飘浮的
云彩，永远也遮挡不住仰望的目光
和汹涌的激情

2015 年 7 月 10 日

再见了！美丽的花园

再见了！美丽的花园。我青春的伴侣
永恒的恋人
我轻轻脱下鞋，赤脚走在绿茵茵的
草地上
最后一次的亲昵，感觉是冷冷的；离去的步履
是沉重的
我的心灌满了铅，花园姹紫嫣红
栩栩如生

告别是娇美的，此刻无须语言，沉默是
最后的
相思，无穷无尽的相思陷入花园的
宁静中
磐石般的宁静，泪珠在宁静之外
汹涌，无痕的
时光带走了凄风雪雨，婆娑的树影
在回忆的风中摇曳

花园是美艳的了，美到每一个季节
都有着
眼花缭乱的风景，每一朵花
都有着不同的

生命的历程，亲眼目睹狂风暴雨
花瓣满天飞
花朵没有倒伏，阳光下
依然千娇百媚

花园，是诗歌永恒的源泉，千言万语
写不尽
对生命的渴望，当璀璨的阳光
照亮树上
金色的果实，那每一个果实都是
诗歌的梦
不要摘下梦。没有人看见紫罗兰和我的
秘密约定

2015 年 6 月 22 日

听美国歌曲《当我坠入爱河》

致 L.G 主持

静静地想，听歌声飞翔在无垠的
蓝天里
蓝天飘浮在思绪之外，只有你
动人的解说
让心中的坚冰融化，单纯的
歌声此起彼伏
相信你的真诚，就像相信
每一句语言

都深情款款。我想，你会理解
我的沉默
沉默是另一种无声的语言，什么都不说
却说出了
千言万语。沉默让我充满冥想
充满猜测
《廊桥遗梦》的故事不适合
你与我

在歌声里寻觅柔情蜜意；在静谧里
寻找生命
那阳光下晾着的诗行，曾经浸透泪水
那泪水
在微笑里消失，不要问血液是如何

充满了
柔声倾诉，让混混沌沌的日子
放射光辉

让生命的每一天，都在歌声里度过
这是一种奢侈
也是一个心愿；让千难万险都坠入
爱河，让山呼海啸
震撼世界，然后消失在天涯海角
花团锦簇
见证我们生命的火焰，见证
只有一次的青春

2015 年 5 月 26 日

美丽·女人

一个窈窕的背影，遮住了回忆
一瓢时间之水
见证了青春，青春无须涂脂抹粉
女人往往
忽视了青春，青春就在
镜子里
破碎，不复存在；冰肌玉骨是
灵魂的一部分

人们看不见心。美丽的女人
是众望所归

也是猎枪瞄准的出头鸟
女人们
依然趋之若骛，无所畏惧
女人会为
一句半句温柔语言，舍弃浑金璞玉
傻傻的

为了一个羽毛般轻柔的梦幻，或者仅仅为
生存的艰难
女人会付出青春，有意或者无意
生活往往逼良为娼
沉默遮盖一切黑暗，只有当事人
心知肚明
凤冠霞帔都静静地放着那儿
只须看一眼

只有女人惺惺相惜，如同花朵依靠着花朵
不能将怜悯
折叠起来塞进心里；女人的渴望对于
男人来说，
毫无感觉，美轮美奂也许只是一个虚幻的词
人人羡慕的
幸福生活，不是人人都能得到
听天由命

2015 年 5 月 13 日

听美国歌曲《柔声倾诉》

致 L.G 主持

歌声一阵一阵袭来，柔肠百转
歌声倾入
我们的全神贯注，淡淡的诱惑
就顺着
无形的音符，进入我们的世界
任思绪在
风驰电掣，不管时间是否
愿意等待

歌声弥漫，弥漫在春寒料峭的
春天，深情的

歌声，让我们暂时忘却了寒冷
虽然我们的
双肩还在不停颤抖，春风带着
我们的祝福
轻轻袅袅地飘过，留下我们
反复咀嚼着歌词

我们遗失在冬天里的心事，仿佛
在春天里
捡回，那是一段惆怅，或者
一段沉重的
回忆，这已无关紧要；缠绵的
歌声，纠结成
一张网，让我们触摸春天
轻而易举

歌声还在继续，我们仿佛
听到了
青春的步履踩踏着轻柔的歌声
一丝若有若无的
回声，挂在青青的草叶上
在歌声中
鸟语花香呈现一片柔声倾诉
只属于我们

注：《柔声倾诉》为美国电影《教父》主题曲。

2015年4月6日

药

今天重复了多少次，依然是今天
回忆弥漫在
药香里，有一种不祥的预感
攫获着心
虚无还没被证实，就顺着
药香飘散了
没有人看见药香，凝结在
窗玻璃上

就慢慢煮吧，煮着焦虑，煮着闲暇
各种各样的
药草，经历过太多的风吹雨打
有一种
宁折不弯的气质，药香因此有一种
战胜死亡的
力量，没有人听见地狱渐渐
坍塌的噪声

爱的手举起了药罐，药汁缓缓地
倒入碗中
那棕色的药汁充满平静
只有悬着的心
依然翻江倒海；什么人也
不告诉

只是惧怕一道异样的目光
刀一般锐利

只剩下药渣，只剩下祈祷
一倒而空的
药罐，曾经装满了沉重和痛苦
等待沉重
消失的过程，是一种耐心等待药香
消失的过程
药罐会说出最后的结果
谁在等待？

2015年3月25日

期待

致 L.G 主持

期待重叠着期待，我们在期待中
成长，但期待
量不出成熟的高度，心中怀着
阳光，就有希望
无论阳光如何暗淡，无论风急雨骤
总有云开日出的
时刻，我们终能获得一份没有玷污的
幸福时光

无论幸福多么渺小，我们终像白玉兰那样
绽放过
纯白，完美如玉；白玉兰知道
冬天的含义

白玉兰怀着静谧，知道凋谢是
生命不能违背的
法则；正如没有白昼，就没有黑夜
没有人能够

无中生有。让钻石自己决定生长期吧
我们不知道
比钻石更可贵的水能够治愈痛苦
干渴的心
不知道捅穿水的秘密，看着汩汩的
水流从高处
流向低处，而我们的目光总是
浮在水面上

让我们终有一天捧起清澈的水
治愈思绪的
忐忑不安，让手举着看不见的山盟海誓
倚着玉兰树
如同倚着生死不渝的期待
就像期待
姹紫嫣红阳光般的微笑
掠过青春

2015 年 3 月 7 日

马头琴之恋

致 L.G 主持

你来自草原，菁菁的草染绿了
你的军装
红星点缀的军帽，挂在记忆中的
钉子上。那一把
祖祖辈辈传承的马头琴，伴你走遍
天涯海角
从低沉的《嘎达梅林》到《鸿雁》
到那一曲

《天边》，你拉得宛转悠扬；草原的
星辰，停止了
转动，落在琴把上，你是为谁
拉动琴弓
一百个人有一百种拉法，你拉响了
哪一根弦
让风停止在你脚边；是否有蒙古族姑娘
翩翩起舞

美丽的面纱，笼罩着青春的岁月
只要一声叹息
面纱就会飘落，你藏起了渴望
你要将那

一串五彩珠珠串联的柔情赠予谁?
朦朦胧胧
马头琴声， 被都市的车水马龙的喧嚣
所淹没

鳞次栉比的高楼大厦，不能阻止你的
思乡之情
你始终是草原的儿子，在静谧和孤独中
你听到
羊群和马群的浅吟低唱
一切如旧
只有马头琴动人的声音，每夜每夜响彻
你的灵魂

2015 年 2 月 25 日

写诗

致 Y.L 诗人

谁能写诗？没有笔尖能够写出
脑瘫的人
健壮的人下垂的思维，就像那
时时刻刻
睁大眼睛，谁能写出妙语连珠的
语言，谁
就是诗人。不用剽窃，不用摹仿
不用惊慌

只须握住信念；只须接受金黄的
甜橙，心的
香味能溢出多远，就有多远
将生活的
艰难藏在口袋里，那咧开嘴的
微笑，就是
看不见的勇气，就是伸出手的
一刹那

是怎样璀璨的阳光，照亮了紫色的
蝴蝶花
让目光不再消失在龌龊的角落
让紫色的
美丽击中所有的冷漠，忘记

爱恨情仇
让缥缈的空气承载世界上
最清澈的呼吸

如果那个教会写字的手已经僵硬
那就在
千万首诗中寻找谆谆告诫
生活不缺少
紫色，缺少的是发现紫色的情趣
留一首诗
给闲暇，将最迷人的一个字
刻在墙上

2015 年 2 月 20 日

追逐记忆

致 W.M

追逐着记忆，就像当年的我们
追逐着
恋人，那柠檬香味让我们
记起青春的
美丽，那天边一抹红，让我们记起
黄昏的
璀璨，两颗动情的心，在沉默中
悄悄合拢

有人说：忘却让我们能够继续生存
不，记忆
是我们生命的一部分，那双亲慈蔼的
目光落在
水钻别针上，我们将爱佩戴在

胸前
我们最初的感动因此熠熠生辉
铭记一生

那些看不见的山峦并没有消失在
险峻中
因为我们的攀登，才让草鞋粗糙的
脚印，留在
凝固的一段经历中。记忆渐行渐远
而我们
因为阿尔茨海默症疯狂追逐
疲于奔命

为了保持矜持，我们隐瞒了所有的
忘却，看不见
硝烟的明争暗斗，让我们仿佛若无其事
让阳光更灿烂
直抵我们的心灵深处，涤荡
所有的幽暗
回忆，让可贵的生命在风中颤动，绽放
如紫色的花瓣

2015 年 1 月 26 日

百感交集

致 Y.L 诗人

是看不见的绳子捆住了幻想
是什么
堵住了思路？我的美丽残存在
紫色的
裙边上，那贴在袖子上的绒毛
就像贴在
悲哀上。那年轻的矢车菊
都凋零在

哪里？有谁驻足一秒钟
思索青春
那些爱慕我的男人，爱慕什么？
那些
背叛真诚的男人，又为什么背叛？
我在大街小巷
寻找我的错误，语言和沉默
落在哪个街角

那车水马龙的大街上，无人问津
有长者
曾经语重心长地告诫：作者少说自己
我对不真实的

朋友，说尽了心里话，而鄙夷的
目光，让青春
最后的结晶，定格在水钻上
暗淡无光

我的脸颊上，再没有明亮的光泽
我庆幸
没有在青春年华卖身投靠，我的诗
是纯洁的
就像一张白纸，就像一朵没有来得及
盛开的
矢车菊，我欲哭无泪；我知道
自己的归宿

2015 年 1 月 16 日

听《蓝色探戈》有感

致拉瑞 · 安德森

一曲《蓝色探戈》，穿过深深的夜
穿过寂静
穿过耳畔，停留在我心中
那蓝色
像你眼睛一样蓝，像海水
一样蓝
染蓝了你的经历，染蓝了哈佛大学
美丽的校园

在乐曲中，我的心像舞蹈一样
优雅地
摇摆，让我记住了来之不易的欢乐
记住了
你冗长的名字。你经历的炮火硝烟
在乐曲中
默默熄灭，那些战死者苍白的脸
在你的乐曲中

不再苍白。是谁教会你作曲
《蓝色探戈》
蓝色没有答案，但是我深深理解
你的哈佛情结
那些五彩斑斓的野玫瑰
点缀着

急促的舞步，每一次的回首，只为了
下一次的

等待。聪明是一把双刃剑
有人可以聪明得
高贵，也有人可以聪明得卑鄙
而《蓝色探戈》
足以证明你的伟大。当你的
乐曲风靡
世界，我藏在激动的情绪里
暗暗羡慕你

2015 年 1 月 4 日

邂逅音乐

致 L.G

当一道微笑，从轻柔的电波中闪过
贝多芬的
音乐在你的指尖复活，余音袅袅
我从一曲
《致爱丽丝》中脱颖而出
你从蒙古草原中
走来，我不懂青草的语言
但是，我听懂了

你的热情。电波一串一串划过风中
穿越鳞次栉比的
高楼大厦，那一曲《春天奏鸣曲》
让春天
完璧归赵，你的寻寻觅觅
正好符合
寻找贝多芬的愿望，又有谁不知道
他的深邃之魅

我们相逢在电波中，似曾相似
而我们
始终不知道时间的长廊有多长
我们是用心
度过尘世，又有谁知道坎坷的千难万险
多与少

理解就是一朵飘在电波中的云彩
不言而喻

我们被音乐包围，幸福总是
不期而至
你在《热情奏鸣曲》中听到了什么
我不会
抛一个媚眼，毁掉你的青春年华
我只是
郑重其事地将一朵白玫瑰交给你
愿你永远年青

2014 年 12 月 22 日

石头

致 Z.X.J

当天外的一颗石头砸破了星朝六
平静分崩离析
一个女人倒在了早晨，她是将死未死
没有人设立
一个答案，石头砸出的窟窿是一个
无底洞
而人们是看到了真相，抑或是冷漠得
熟视无睹

谁来填补这个洞？洞是真实的存在
那是岁月和

生命的搏击。神奇的手取出了
颅前的
血块，而破碎的心脏，谁来缝补
耽心和痛苦
折磨着所有和那一个女人的联系
原因是石头

结果是石头；没有人亲历流血的经过
女人头缠着
纱布，说话结结巴巴，生死线上
有没有奇迹
没有人会为女人设想她的未来
石头就是贫穷
谁能对抗石头，当坚硬碰撞坚硬
无所畏惧

在未来的世界里，只有时间对抗着石头
只待水落石穿
只有那个女人年青的生命能够击穿
死亡的
魔咒。幸福和死亡只是一念之差
什么样的人
是女人终身的依靠，是可以信赖的
最简单的情感

2014年12月13日

读《一间自己的房间》

致弗吉尼亚 · 伍尔夫

拥有一间自己的房间，这是蜗牛的示范
而我们
从没有想过匍匐在路上，慢慢悠悠
自己的房间
可以暗暗哭泣，泪水不会泄露悲哀
可以悄悄窃喜
没有人会投来妒忌的目光，刺伤
柔弱的心

一间小屋，可以充满鸟语花香
可以洒满阳光
可以安放青春的胴体，安放沉默的灵魂
风吹送着
歌声，那甜蜜的歌声，像空气一样
包围着
寂静，而我们的灵魂在寂静中
像树一样

生长。我们能够读懂墙壁，读懂窗户
在黑夜里
我们的梦不会被老鼠咬断
不会被雷电击中
不会永远找不到公共汽车站
奢望是空空的

现实是满满的，我们在房间里
期待曙光

也许，我们没有可能去找到一间自己的房间
那就让我们
拥有一个精巧的书橱，让我们
沉重的
心事，能够依靠着书橱小憩一下
就像依靠着
成熟的肩膀，可以无忧无虑地
享受生命

2014 年 12 月 12 日

当圣诞节来临

致 L.G

当圣诞钟声响起的时候，你站在
钟声里
我也站在钟声里，我们暂时成为
善男信女
我将美好的祝愿，虔诚的祈祷
以及对歌声的
思念，统统赠予你，圣诞卡代表着
我的心

圣诞花一年只红一次，而我们的血
在绵绵的
冥想中，红了千百次，我们依然
恍恍惚惚
我们什么都没有说，也无须说
对歌声的
向往，让沉默也变得透明
变得激越

圣诞的钟声还在回荡，警钟长鸣
圣诞树上的
礼物五彩缤纷，闪闪烁烁
我一贫如洗
我将如花似玉的诗句赠予你
一并将生命的

感悟赠予你，而不问你的
喜怒哀乐

诗如其人，当你阅读我的诗
如同见到
我的嫣然一笑，我的微笑就像圣诞花
美丽而有毒
请记住我的微笑，并忘却花瓣的
红色，当诗句在
时间里变得苍白，让诗句在你的心中
天长地久

2014 年 11 月 9 日

父辈和你们

致 L.Y

死亡是一堵白色的墙，面对死亡
你毫无畏惧
有她和你在一起；《闲聊波尔卡》的旋律
在破碎的
时间上裂开，你们已无须赘述
无须语言
你们的目光，在危急的时刻
心心相印

沉重的死亡，击碎了多少欢乐
击碎多事的
夏天，悠长的蝉鸣如同悲歌
回荡在
闷热的世界。那些瓶瓶罐罐
那些悬挂在
关切上的透明液体，有着起死回生的
力量和作用

那些软弱的人们，抱头鼠窜
在你们的
人生里没有恐怖，父辈的坚强和忠贞
流淌在
你们的血液里，孱弱的双肩，承受着
没有硝烟的

战斗，望远镜和手榴弹都已失去作用
你们举起了

心。心的火焰，心的光芒，照亮
死亡之墙
白色的残垣断壁节节败退，黑暗在败退
伤痕与年龄无关
昨天与绝望无关，柳暗花明的
微笑和
生死与共的信仰，让婀娜多姿的友情
咄咄逼人

2014 年 10 月 27 日

歌声

致 L.G 主持

倾听歌曲，我们没有商量，却不约而同地
锁定在下午
锁住秋天的甜蜜，只有有歌声的
地方，才是最美丽的
地方，那些余音袅袅的歌声，就像
秋天空气中
弥散着桂花淡淡的芬芳，让我们
恋恋不舍

不能言说的孤独，那些还没有
被绳子
捆绑的静寂中，偶尔会
露出一只
妒忌的马脚，而我们只是沉浸于
柔曼的
歌声中，不闻不问，我们仿佛要随着歌声
飞翔在秋天

仿佛是一片一片的树叶，云海飘散开
每一朵云彩
仿佛都载着我们清澈的目光
定格在
会意的微笑中；秘密武器，不是矛
不是剑

而是融化冰霜的歌声，温柔如水
势不可挡

歌声在我们的心中涌动，我们抓不住
一首歌声的
旋律，我们不由自主徘徊在歌声中
想抚摸一下
心情，如同抚摸一下午后的阳光
歌声继续
涤荡了所有的静寂和窒息的孤独
只留下回忆

2014 年 10 月 15 日

罗丹的情人

致卡弥尔

十九岁的你，如同紫蝴蝶般的
美貌，你就这样
轻轻柔柔地飘过充满诱惑的人生
阳光和风
似乎与你有关，而你清澈的目光
视而不见
你毫无惧怕地走过，不知道自己
不知道世界

每个少女都有着粉红色的憧憬
你也将盼望
悄悄地告诉布娃娃，满脸雀斑的
布娃娃
有着最动人的笑脸，一声不吭
只是将秘密
藏进布帽子里；既不属于生命
也不属于死亡

你只是摆动一下金色的裙裾
就征服了
雕塑家罗丹，从此成为罗丹的影子
你为泥巴拌水
日复一日，你搅动着甜蜜的情感
你不知道
花无百日红，当红颜褪色
你成为弃履

你疯狂地敲打着作品，铁锤在你手中
得心应手
你要敲毁昨日的幸福，你要敲毁
泥巴玷污的
情感，你要敲毁心中的偶像
你的天才
即将崩塌，即使碎片满地皆是
也要保持尊严

2014年10月4日

读《心》

致夏目漱石

读着心的情感路程，随波逐流
或是随遇而安
从什么时候开始，那些陌生的脸
熟悉的脸
都被心一一铭记。将心安置在何处
这不是
每个人思考的问题，将心的疼痛
告诉谁

将心放在蓓蕾中，冷冷的北风
会摧毁
粉红的花瓣，将心放在神龛中
顶礼膜拜
印度香会熏坏了心的生命之力
将心砌进墙中
心会因为失去阳光而梗塞
将心放在书籍中

那是让心唯一能够保持安宁的地方
有多少人
能够理解款款深情的心
有多少秘密
心死死保守着，不发一言
有多少沉重

让心感到了富士山泥土的压力
不堪重负

只有说出心事，心才甘愿停止跳动
男人和女人
有谁会在意心的脉动和强弱
如果只有忘却
才能生存下去，那么刻骨铭心的
内疚，只有死亡
才能够拯救深深的叹息，忐忑不安的心
才能安详地瞑目

2014 年 9 月 21 日

读《作家笔记》

致萨默塞特 · 毛姆

当你收拢伞，一并收拢雾都的潮湿和阴冷
你的心中
有一个不被你承认的夙愿
渴望阳光
追求阳光。不是每个人都知道自己的人生目标
我们对自己
隐瞒了软弱和荒唐，不是每把刀，都能
找到自己的

刀鞘；不是每支矛都能找到自己的盾
你将一贫如洗的
青春，留在别人的故事里，挣脱枷锁
我们在《人生的枷锁》
看到你获得自由，走向远方
你以文字诠释
世界。你追随阳光，我们追随你
我们相信你

胜过相信我们的双亲，在你的文字里
我们寻找自己
寻找道路；通向天堂和地狱的路
同样蜿蜒曲折
燃烧的晚霞属于生者，阳光
燃烧你的

热情，我们在你的笔尖，看见太阳
美丽地落下

那些绿色的香蕉树，金色的枇杷树
只为我们
果实累累，我们和你一起体验肃穆和壮观
在无边的
静寂中，我们目不转睛地凝望着
刻骨铭心
没有发现黄昏已经渐渐退潮，只有
你的文字旖旎

2014 年 7 月 24 日

生活的激流

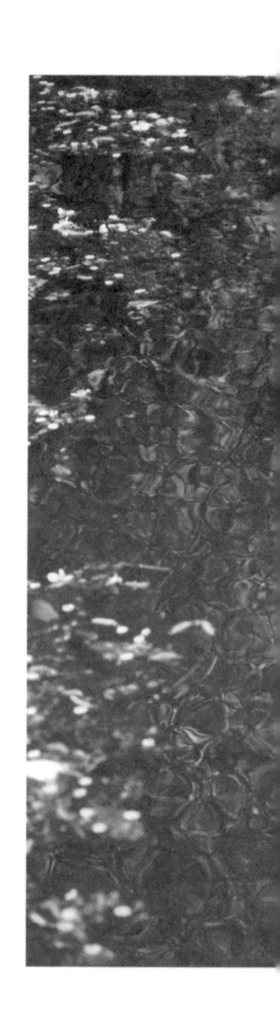

生活的激流，潺潺不息
你看不到
危险，一根草绳危机四伏
不仅仅是钱
钱放在桌上，纹丝不动
当钱进入
脑子，就会有危险无孔不入
不要轻易交出

你的青春和美貌。别人的钱
在别人的口袋里
你的手在自己的心上；没有钱
无法生存一天
你要守住自己的外套和皮鞋
你要守住
今天。无论你读过多少四书五经
对于生活

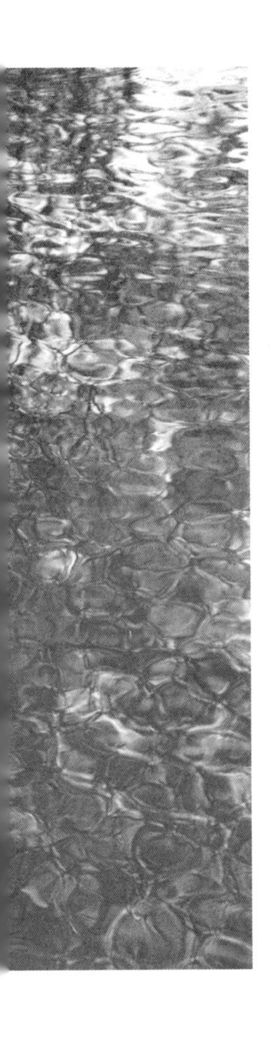

你永远是门外汉；请紧紧抓住
冰冷的门把手
不松弛一分钟；随时随地
危险会袭击你
危险永远存在；处心积虑的阴谋
在车窗后面
一闪而过，而一个歹徒，可以让你
死无葬身之地

在痛苦中，你遭遇痛苦
在失去时间之后
你获得经验，如果你健忘
那就要
吃二遍苦；生活是无情的
关键在于
你能否分辨真与假，火眼金睛
在你成熟之后

2014年7月12日

木头与纸

致 L.Y.H 诗人

死亡之矛刺死了他，刺伤了我
血的腥味
沉淀了多少年，已经变成黑色
那弥漫在
书页里的悲伤，让我失去天生丽质
与谁说都毫无意义
他独自背负着冥府的幽暗
终身不能抬头

他知道我不是木头，虽然一言不发
我迷惑在
字里行间，木头变成纸的历程
是生命失去
感觉的历程，只有纸知道
洁白来之不易
我不能奢侈地折叠纸鹤，如同
折叠祈盼和希望

我呕心沥血地写诗，只是为了
不辜负他的谆谆告诫
每一首诗，都是从我心底绽放的白玫瑰
我扯下每一片花瓣
祭奠青春，我在失去他的时候

永远拥有了他
他不知道，他的思维静静地
融入了我的思维

没有木头就没有纸，没有他
就没有我
当回忆和思念浸润在时间里
时间是水
苦涩和甜蜜都开始膨胀
我的心灵深处
是没有说出的爱，爱书写在纸上
一片纯白

2014 年 6 月 3 日

溪水之恋

致 Z.Z.Q

朦胧的青春岁月，当我们在记忆中回首
忘不了的
依然是我们的单纯和青涩，那条弯弯曲曲的
小溪，清清浅浅地
流过我们的目光，你的恳求，我的拒绝
在潮湿的空气里
瞬间凝固。而我们，依然怔怔地站着
不知道

如何转过身去，不知道如何解释自己
我们脸部的
表情就此僵化；那一朵溪边的罂粟花
不能承受
我们的叹息，跌落小溪里，小溪默默无言
却见证了
我们的青春，我们生命中的激情
就像小溪一样

缠缠绵绵，不要问脉脉含情从何开始
不要问
青春为什么如此美好，那深深的凝视
我们都不会忘记
绿色的风吹皱小溪的涟漪，你的名字
顺着溪水流去
一并带走了你的痛心，我的羞愧
小溪若无其事地

流着，我们将成为陌生人，也许我们
终会找到
属于自己的感情，但这一段难言的
青春岁月
却像我们生命中的宝藏，闭口不谈
流淌的小溪
将我们带进深情的喧哗中，涓涓不息的溪水
回响在我们的梦中

2014年5月20日

倾听邓丽君

致L.G主持

当树叶染绿窗户，一阵曼妙的
歌声响起
我们听见的是邓丽君的名字
是我们记忆里
惊天动地的美丽，那一曲《千言万语》
飘荡在空气中
我们抓不住那轻轻柔柔的感动
也拂不去心中的

风起云涌。轻柔的歌声
曾经伴着我们
做梦的年龄，在混混沌沌中
我们遗失了
那一张五颜六色的圣诞卡
却在不经意中
找到了属于自己的那一曲《初恋的地方》
美得醉人

记不起哪年哪月，邓丽君的歌声
伴着我们
走在上班路上，不知道是哪一只
鲁莽的手
拧响了难以言说的激情
如火的青春

从此烙上了邓丽君的嫣然一笑
让我们恍恍惚惚

在歌声里，我们坐成了虔诚的姿势
沉默是最好的
聆听。歌声在燃烧，我们知道
歌声终要结束
我们终要回到现在，那一曲《甜蜜蜜》
一字一句
刻在我们心上，入骨三分，没有人
看见血痕

2014 年 5 月 10 日

春雨潇潇

致 Z.Z.P

春雨淅淅沥沥地下着，透明的雨丝
敲打着屋檐
敲打着绿色的树叶，树叶因此郁郁葱葱
雨丝落在了我们的
脸上，有一种别人无法猜测的惬意
湿漉漉的
感觉，是拥有生命的感觉，虽然我们对
生命的理解

只限于雨珠那么少。我们走在春天里
虽然春天
是那么短暂，恍恍惚惚，我们像走在梦中
那一曲
《春之声圆舞曲》在无声地飞扬
我们美丽的梦
被雨珠打湿了，那我们就拥有湿湿的梦
无怨无悔

大街上人头攒动，熙熙攘攘
五颜六色的雨伞
像争奇斗艳的花朵，让我们目不暇接
雨珠还在滴滴答答地
下着，我们还在不紧不慢地走着

我们的心中
没有栅栏，我们真实的目光向前望着
一泻千里

我们仿佛从春天的故事里走出来
我们将
艰辛和困惑留在身后，湿漉漉的
感觉，粘着我们
一言难尽的青春和情怀；面对未来
我们心胸坦荡
无惧无悔；雨珠像珍珠，留在
我们的生命中

2014 年 4 月 29 日

当死亡逼近的时刻

致 T.A 诗人

当死亡逼近的时刻，我们身不由己
一切反抗
都毫无意义，我们知道自己必死无疑
我们曾经
将白色的稿纸堆在头上，直至白发丛生
也许，我们
会历尽千辛万苦，而美丽的诗人桂冠
弱不禁风

死亡不是虚无，每个人都看得见堆在死亡上的
白玫瑰
那似有似无的诗句在死亡前不堪一击
我们不能用
金色的甜橙填满生命的空缺，诞生前
响亮的哭声
证明诞生是一场悲剧，谁都不能逃脱
死亡的宿命

当我们尚未躺在病榻上，当我们
尚能以一丝微笑
掩饰奄奄一息的无力，我们会将什么样的
祝福留给世界
我们将痛苦和惜别，深深埋在心灵

温柔的眼睛
终要慢慢地闭上。我们最终完成了
写诗的幸福感

也许，我们可能带走一缕缥缈的幸福感
但带不走一首诗
思绪在静谧中翻飞；那些曾经
熠熠生辉的诗歌
我们不知道会有什么样的坎坷和命运
如同我们
不知道最后的日子里，是谁记住了那个
黑纱缠绕的日子

2014年4月20日

诱惑

是什么诱惑着，让我坐立不安
不时地
看着手表，仿佛一眨眼目标就会消失
我知道自己
人生的目标，为诗歌，我历尽千辛万苦
为追求永恒的
美丽，我从青年走向暮年，而我
无怨无悔

没有人读懂我的诗歌，诗歌里有泪
有沉思后的
微笑；无论是痛苦，无论是欢乐，不要
剥开那颗
用红纸包着的糖，有人说糖是砒霜
我将真理当成谎言
人们的惊骇统统溶解在我的唇边
我将红色的

包糖纸，贴在纸稿的扉页。有人说
我的诗歌
太甜美，那不是我吃了太多的糖
那是我生命里

有太多苦涩的盐粒，盐粒掺杂在
玉米糊里
我骨瘦如柴；我将糖果当成拯救我的
希望和力量

我疯狂地剥着糖纸，我的牙齿
一个一个变黑
为了用五颜六色的糖纸，装饰
诗歌的
千姿百态，我不惧怕为此生病
人们赞美我的诗
我听不到，丑陋让我不能出人头地
只能藏在诗行里

2014 年 4 月 12 日

失踪的姑娘

致 H.Y.R

她失踪了，我不相信这突兀的消息
布满蛛丝马迹的
石板路不曾留下她清晰的脚印
当五月的
栀子花盛开的时候，她消失在
馥郁芳香中
白色的花朵，不能告诉我一星半点的
她骚动的

心情。没有人看见她的背包
白色的
花朵送她一路芳香，而我在
五月里
苦苦寻找她窈窕的影子，她那
美丽的
白色纱裙，舞动在我记忆深处
始终不能抹去

她还有什么语言没有说出，她还有什么样的
举动没有完成
她只留下沉重的思念，让我在晨曦中
颤抖不已
栀子花的芳香在四下里弥漫，那是她

最钟爱的
花朵，那是她永远年青的灵魂
留在五月

她走了，消失在一缕清风中，她是否
怀揣着纯洁的
梦幻，去寻找太阳的故乡，那一曲
《春天奏鸣曲》
是否给她以慰藉？栀子花沉默着
五月沉默着
只有啁啾不已的鸟鸣，一阵一阵地
打断我的思念

2014 年 3 月 8 日妇女节

致歌手 F.X

你淡淡的微笑挂在唇边，那是
你的魅力无所不在
少女哭肿了脸，你一无所知
少女为此
断送了生命，那是青春最后的诠释
薄薄的
情书，是密密麻麻的情话，那些
成千上万次

重复的语言，永远美丽。那些
绿色的字
那些被泪珠打湿的纸，终于飘起来
那是少女的灵魂
追逐你至天涯海角，没有人知道
那层层叠叠
被雾霾遮住的地方。少女是怎样
踩着冰凉的

石阶，踩着忐忑不安一级一级往上攀登
没有人知道
是相思的甜蜜，是绝望的苦涩
那一曲《安娜》
是为她动容？那一曲《冬天里的一把火》
是为她燃烧？

她终于能够抓住云，但是她抓不住
你飞翔的翅膀

少女纵身一跃，千丝万缕的情思
都化为风
有谁听见了声响和惊骇，有谁看见
溅在石板地上的血
她将袒露心声的愿望，留在一行
简单的讣告里
她是永远的听者，她将为你保持
永远的沉默

2014年2月19日

听小提琴曲《流浪者之歌》

致萨拉沙蒂

听小提琴拉响一个音符
我们就在
一个美丽的旋律里侧耳倾听
心跟着一群
流浪者在流浪，茫茫的暮色
落在层层叠叠的
背影上，我们的心是沉重的
到哪里去？

一个问号就像鱼刺嵌在我们的喉间
前无逝者
后无来者，我们的目光遗失在哪个土丘后
我们流浪在乡野的
杂草中，我们流浪在都市的霓虹灯下
没有人问候
也没有人指点迷津，我们只是茫然地
流浪在世界的一隅

有爱的地方就是家，我们不知道何时
弄丢了屋顶的
瓦片，从此，我们居无定所。我们的
掌纹上是古老的
预言，可是我们不敢摊开手掌，我们
紧紧握着

命运的钥匙，默默无言。芬芳的花朵
在盛开

而我们将心事藏在一连串的音符中
当音乐炸开
我们隐藏不住的孤独，暴露无遗
我们是否
太苛求？是否向生活索取太多？时间
不能回答
我们在琴声中思考，猝不及防
琴声骤然中止

2014 年 2 月 5 日

寻找美丽

致 L.Y 诗人

我们相逢在一首诗歌中，没有突兀
没有叹息
意味深长的目光凝聚在同一朵石榴花上
这是必然
还是偶然？没有人回答；花朵是美丽的
我们的期待
因此也是美丽的。萍水相逢，只要减去
一个省略号

就可以说尽一生的情感和纠结
而我们
什么都没有说；我们的青丝
已经染上霜雪
我们的心像花朵，依然簇簇灼灼
时光荏苒
石榴花红了一季又一季，只是果核
依然藏着秘密

什么都无须说，每个人都有风餐露宿的
艰难岁月
我们无法回头，让往事随风飘散
我们不会独自
坐在静谧里以泪洗面

没有问候自己
我们已经有多久，没有在石榴花丛中
寻找美丽

我们曾经放弃了多少五光十色的诱惑，错过了
多少轻歌曼舞
我们无怨无悔，生命的历程是短暂的
我们是否
找到了真正的美丽，都不再重要
无论石榴花
姹紫嫣红，或是芬芳散尽，都让我们的
诗句成为永恒

2014年1月8日

2012–2013

痛

致 L.J.M

我痛，足踝不言不说，我寸步难行
我不知道
另一个人是否胸痛，痛不能与痛
互相交流
痛抵住墙角，痛抵住寒冷
我如果
不愿意麻木不仁，我就不是石头
只能忍受

生命之重。时间一分钟一分钟
悄然无声地
消逝，时间带不走我的痛，血渍
慢慢渗出
血不是水，伤口慢慢渗出惊骇
我不知道

何时是痛的终结，新的痛又在
何时突兀来袭

在痛开始之前，我还谈笑风生
兴致勃勃
痛让我感到了生命的无常
忘记是保护伞
让我在一阵一阵疼痛之外感受轻松
一块带血的
纱布，让我胆战心惊，轻轻地触碰
让我言不由衷

谁能拯救我，从痛的感觉中逃遁
谁能指望
下一次的妙手回春，死亡只有一次
而痛将
反反复复，九曲回肠。我将听信
谁语重心长的
忠告，而不在痛的深渊里
苦苦挣扎

2013 年 12 月 22 日

在没有结冰的日子

致 L.Y 诗人

在没有结冰的日子里，我的心
冷冷的
我不知道为什么样的朋友可以两肋插刀
我不知道
面对什么样的朋友可以毫无掩饰地
痛哭流涕
谁能伴我走完一段一段路程。老朋友
新朋友

掰开手指算算，离去的脚步声消失在
缥缈的思绪里
我听到了什么，是谁摔坏了水杯
如同摔破了
岁月中的情感，有意无意谁能判断
心中的寒冷
是说不出的，不是紫色，也不是白色
那是隐藏在

血里的颜色，而血不能表达颤抖
沉默的雾霾
还没有消散，城市的轮廓依然模糊
我的心在流浪
穿过草地，穿过花丛，穿过喧闹
凭什么

握住一分钟度日如年，彬彬有礼
又凭什么

一分钟转瞬即逝。长久的沉默就是冷漠
眼睛隐藏在
冷漠后面，也许看见了一切
也许视而不见
一纸热情，燃烧着诗情画意
让我深感安慰
心与心的碰撞，又燃起我对
生活的向往

2013 年 11 月 16 日

惊悚

我是选择铤而走险的日子，还是
选择恬淡平和的
生活，我是所有选择后的自己，不失时机地
跨过绿灯
我想将惊悚留在红灯后，而满腹的
惊悚，不紧不慢地
跟随着我；鳞次栉比的高楼耸立着
惊悚比高楼更高

我低眉顺眼走进大楼，寥寥无几的人影
与他邂逅
在简短的对话之后，他教我打电脑
我的手指在
惊悚中滑动，我与他零距离地站着
我一再打错
一遍又一遍，我重复着惊悚
他耐心地站着

我没有注意他颀长高大的身材，这都是
以后感觉到的
时间一分一秒地逝去，我在惊悚中变得麻木
在惊悚中
将信任托付给他，还有什么能胜过信任
他比电脑更真实

我不看电脑，也不看他的眼睛
在静谧中擦出的

火花，没有人看到。我只是机械地
滑动手指
当一切程序结束，他语重心长地
嘱咐我
明天就能看到结果，我答非所问地
点点头
怔怔地转过身去，依然抗不住惊悚
忧心忡忡

2013 年 10 月 24 日

致保罗·策兰

哦！策兰！保罗·策兰。我终于
遇见你
在你准备赴死的年龄，我正值花季
我们失之交臂
而今天，我终于遇见你；你英俊的面庞
美丽的诗
都让我神采飞扬；我喜欢你的诗
一半因为敬仰

一半因为我的性别。你的诗讳莫如深
我读懂
你诗中所有的晦涩，你一生
坎坷的遭遇
浓缩在几个单词中，或是词镀上了金
或是词
沾上了血渍，抹不去的记忆
让你的诗

沉甸甸的。只有经历过腥风血雨的人
能够理解你
我却不能忘记坎坷，也不能
适应潮流
我只能在灰飞烟灭的静谧中

读你的诗
能够在无言中交谈，谈诗又是一种
什么样的幸福

和奢侈。而悲哀终于征服了
你的生命
你所有的诗和诗中优美的词
只能被
沉重的泥土掩埋。在你的石像前
攻击和背叛
终于横尸在时间里，再不能
趾高气扬

2013年10月5日

没有明天的歌声

致 C.L

从高楼上坠落关于你的传说，没有
刀光剑影
没有风声鹤唳，阳光璀璨地照耀着
爱抚着
每一棵青草，你的选择是绿色的选择
脖子上
那一道血痕，让休闲的人们大惊失色
目瞪口呆的

一刻。你的昨天是辉煌的，那只能
说明你的
昨天，而今天是一个陷阱，你已经
等不到明天
正是风华正茂的年龄，你却走到了
生命的尽头
你承受不了沉默，这生命中的
不堪重负

那没有灯光的黑暗并不可怕，可怕的是
你的眼睛里
已经没有阳光，那黑暗的威胁
已经一步一步逼近
美丽的回忆已经像铁丝一道一道紧箍

你的娇美
你已经伤痕累累，却无人可以倾诉
你咽下

沉默的苦果。你昨天的辉煌还没有散尽
而你已经
没有歌声的明天；你的骄傲
让你选择了死亡
你已经心如死灰，对死亡没有任何恐惧
你愿像一颗
流星炫丽地划过天际，而不愿是一朵乌云
苟且偷生

2013 年 9 月 24 日

紫罗兰色

一件美丽的衣衫，紫罗兰的颜色
封住了
我的眼睛，那充满诱惑的颜色
蓝色花朵上的
亮片熠熠生辉，那种让人忘不了的
蓝色，那第一次
也是最后一次的欣赏，那第一次的
陌生，也是最后一次的

陌生。我想起了希腊神话中的美狄亚
那美貌又疯狂的
报复，她曾用魔法制成华美而有毒的
衣衫，谁穿上
谁就会被烧死；那疯狂的马车
瞬间飞过思绪
定格在紫罗兰的颜色上，那置人于死地的
紫罗兰色

这件崭新的衣衫，曾经被爱惜的手
抚摸过
以后是否能再一次抚摸如花似玉的
衣衫？爱美丽
我更爱生命；生命是多么脆弱
一件衣衫
就能让我眼花缭乱，魂不附体
无情的紫罗兰色

虽然鬓角的白发泄露了我的年龄
我依然爱美
我和世界上所有的女人一样如痴如醉
我依然在
镜子前踌躇不前，沉重的手
扔掉了
沉重的新衣衫，我的心依然迷恋
紫罗兰色

2013 年 9 月 6 日

我坚守在这里

我坚守在这里，这里不是喜马拉雅山
不是传说荡漾的
乌苏里江，我坚守在这块狭小的地方
我的似水柔情
就是从这每一个词汇中渗出
我将生命
托付给语言，语言因此熠熠生辉
语言中的

每一滴血，都蕴含着坚贞和勇气
这以血的红色
凝成的诗，是我永恒的爱
这诗不以星斗转移
不以火焰消失，让每一个词
都远离了
喧嚣，远离了庸俗和孤陋寡闻
只剩下时间

我坚守着时间，我从没有怀疑过自己的信念
我从没有后悔
岁月像河一样流淌，我不怕裸露情感
没有因为
青春的美丽，抛弃默默无闻的诗

而为此
另觅新欢，诗歌有多长，我的寂寞
就有多长

我知道，为了追求诗歌的完美和魅力
需要付出一切
笔下疾走如飞的词汇，闯过惊悚的夜晚
闯过兵荒马乱的
动荡
终于尘埃落定，落在这块
狭小的青石板上，终于完成了一次灵魂
静静的飞翔

2013年8月31日

战胜时间的人

致安徒生

偶尔吹来一阵晚风，听到你的名字
在风中起舞
我们睁大眼睛望着天空，如同半个月亮
神秘地
瞪着我们，一缕思绪如流星快速滑过
只有独具慧眼的人
才能发现，你是童话帝国英俊的王子
你的名字

镶嵌在金子般闪光的时间里，你是
战胜时间的人
你没有表白自己，你将一生都藏匿在
童话中，谁读懂了
你的童话，也就读懂了你，那美丽的
语言，就像钻石
辉映着你的宝剑，划破岁月的帐幔
凸现真理

世界如此博大，无边无际，从地平线上
升起的时间
是如此坚不可摧，顽固如花岗岩
无始无终

你只是轻轻地举起一朵粉红的花朵
将爱吹进蓓蕾
当花瓣绽放在芬芳中，你就轻而易举地
战胜了时间

花朵年年开不败，就像你优美的童话
传阅世世代代
也许，再也无从寻觅你年轻的影子
但你伟大的
名字，将永远响彻世界的每个角落，你将
孤独留给自己
你将永恒之美，铭刻在我们心中
永不更改

2013 年 8 月 16 日

听歌曲《当我们正年青》

致美国影片《翠堤春晓》

当歌曲响起，我们的耳朵仿佛也年青了
一片柔情
像风一样款款吹来，不能阻止风，不能阻止
柔情漫出回忆
我们曾经年青过，这不是秘密，而每个人都会
衰老，垂下长满
皱纹的脸庞，俯首岁月的变换
我们曾经年青过

我们曾经美丽过，那遍寻四方没有敌手的美丽
让我们充满
骄傲，我们怀着拒人千里的冷漠表情
不屑一顾
即使死亡也无法让我们低头，我们
没有学会
鉴貌辨色的乖巧，我们没有学会装模作样的微笑
我们就是我们

我们真诚的目光，让人刻骨铭心，无声的
凝注，来自
我们纯净的心灵，虽然我们没有
五彩的裙子

虽然我们一贫如洗，我们采摘阳光下
最璀璨的
花朵，编织花环，装饰我们千姿百态的
青春岁月

我们曾经期待过，像灰姑娘那样拥有
梦一般
闪光的水晶鞋；我们曾经期待过
黑色的博士帽
像粉色的桃花簇簇灼灼地沾在黑发上
我们在漫长的
期待中了却心愿。当青春转眼逝去
甜美的歌曲在生命中回响

2013 年 7 月 28 日

沉默的琴声

致 Z.L

死亡封住了看不透的孤独，黑暗中的病体
再不能
一跃而起；在最后的时间里，她无神的
眼睛中
泪珠是否凝结成盐？她将最后的心愿
托付给了谁？
耳朵和耳朵倾听着，惊讶的嘴唇
颤颤悠悠

命运对于她是残酷的，每个人
都要死亡
但是，芳龄如何面对最后的告别
那些记忆犹新的
时间里，有着太多太多美丽的钢琴声
曾几何时
优雅的琴声试图越过危险，而危险
悄悄成为匕首

谁都没有看到最初的锋芒，而锋芒
依然咄咄逼人
所有的惋惜都毫无意义，死者已经
一无所知
一个年青的生命就这样消亡了，我们为
死者恸哭

谁为生者恸哭；终将来临的死亡摧毁了
一切心理防线

所有的亲人和朋友都成为陌生人
她不辞而别
是谁扶着她的病床，伴她走完人生的
最后路程
她再也看不见鸟语花香的世界
她再也听不到
哭泣的声音，听不到沉默的钢琴声
静寂缠着黑纱

2013 年 7 月 16 日

如花的生命（一）

致 S.T.Q

打开目光，一朵娇嫩欲滴的玫瑰
直抵心底
想象中的芬芳跃然画布上；这不是来自土壤的花朵
那美丽
来自对美的渴望，花朵横亘在红色与黑色之间
那红色
如血一样深沉，那黑色像死亡一样不可超越
这是生命

对于生命的热爱。那沉寂多年的希望之火
正是从这一瞥
窥见了生命的秘密；不要说出秘密
说出生命秘密的人
将会死去，如同这画的作者；也许花朵会凋零
经历了风霜
思绪一瓣一瓣地飘落，那一阵寒风
不会吹乱画布

红色将永远不褪色，黑色永不泯灭
生命挣扎在
痴情和沮丧中，又有谁能撼动沉默
面对孤独
画家将红色厚厚地抹在了不屈不挠的执着中

那红色
就是疯狂的倾诉，有谁听到了
血流过的声音

有谁看到了那黑色无形的手，那是死神的手
但是生命
是绝不会屈服的；尽管黑色在一点一点地移动
向玫瑰花逼近
玫瑰花依然娇艳，有谁看懂了残留的黑色
死神不能
侵蚀梦境，玫瑰花依然如梦如影
生命意味着永恒

2013年7月16日

如花的生命（二）

致 Z.Z

突然遇见她，一个还没有被时间拴起来的
小学生
她的马尾辫黑色和浓密，她的欢声笑语
就像盛夏
飘过的一阵清冽的栀子花的芬芳
我抹不去
她天真烂漫的注视，我将她的生命
留在语言深处

她的笑声突破了窄小的房间，房间
为此而
不停地旋转，如同她白色的裙子
迎风起舞
那本我送的《意大利童话》，硬壳绿封面
被任性地
撕下来，在她还不知道什么是友谊的时候
她离友谊很远

年幼无知像纸一样脆弱，无知是会
慢慢成熟的
就像白色的栀子花蕾，在阳光下保持美丽
直至在露水中
盛开，这就是生命，如同花一样的生命
属于女孩

在她还没有经历千难万险磨砺成石头
她的幸福是无穷的

她的心灵是单纯的，如同童话一样地单纯
不知道
她是否读懂了那一个一个简单的故事
让那些黑色的
小字盘旋在她黑色的思绪里，就让
盛夏的阳光
燃烧起炙热的快乐，而她就是盛夏
最炫目的焦点

2013 年 7 月 15 日

回 家

致 P.X.L

一个死者的毒咒，封住了游子回家的路
路不是浇铸的
与黑沥青，不是沉重的青石板
路也许就是
看不见摸不着的心路历程。是谁
霸占了家的出口
是谁举起了仇恨，仿佛举着永不能
违背的

圣旨。家是远方游子最后的归宿
谁来怜悯
疲惫的脚步，谁来伸出
有力的手臂
世界熟视无睹，家门前凄清冷落
只要家中
还有一个人，破旧的家就不会崩塌
就不会销声匿迹

难回的家，就像镜中花水中月
难以言说的
孤独，哪里有倾听的耳朵，那走投无路的
感觉，将游子

向死亡里推搡。家中的花园，依然
鸟语花香
游子只能隔墙眺望，夏的枝头
枇杷金黄

游子的心依然火热；太阳经过
留下一把
金钥匙，月亮经过，留下一把银钥匙
游子将
自己鲜红的血涂在毒咒上，毒咒不攻自破
打开深重的家门
游子呆呆地站在敞开的门前，不敢相信自己的
眼睛，如释重负

2013年6月23日

重读《普希金诗集》

歌是什么？诗歌是生命的歌唱。经历了
一百多年的时间
你的诗歌依然熠熠生辉，你犀利的目光
穿越了未来
仿佛只要一颗火星，就能点燃你的激情
你没有说出的
忧郁，由你的诗句完成。我们迷醉于
你美丽的

诗句，如同迷醉于醇香的美酒。曾几何时
我们青涩的
青春，因为不懂感情的痛苦，而渴望爱慕
因为不懂
险恶的世界，而看不见头顶盘旋的乌云
我们身陷愚昧
不能自拔，你生机勃勃的诗句
在我们无声的

思绪里长久地回荡。你将优美写在花瓣上
花朵因此不朽
你将清澈写在水上，河水因此波光粼粼
世界在你的笔下
流光溢彩。我们相信，你晶莹剔透的
诗句是抵御
罪恶的盾牌，黑暗将注定永远匍匐在
你的脚下

在你流放的漫漫长夜，你的诗歌
表达了孤独和窒息
你无懈可击。即使你带枷锁的思想和
灵感，深藏在
你的梦幻中，你依然不屈不挠。无论命运
经历千变万化
我们相信，缠着流言蜚语的剑锋
无法削去你的英名

2013 年 6 月 8 日

致 Z.Y.M

话剧《志摩西去》作者

当风花雪月已成往事，当灵感的一丝
火焰最后熄灭
我们的笔还能写些什么，我们是否想过
世界依然
熙熙攘攘，花絮依然点缀我们的肩头
我们的肤色
依然是黄色，没有改变，皮鞋依然锃亮
只有我们的犹豫

被定格在太阳的黑影中。在经历了
喧嚣之后
在经历种种的苦难和挫折之后
我们将浮躁的情绪
交给谁？一片静寂。人生一次一次
严峻的
考验，我们即使扭过头去，什么样的
答案，都不管我们

是否愿意承受。我们的年龄已不再有一片嫩叶
我们的微笑
已经徒有其表，那些趾高气扬
那些潇洒不羁
已随风而逝。当我们将赤橙黄绿青蓝紫

统统交给岁月
我们还剩下什么样的事物和色彩
能够再回首

我们将困惑和惭愧悄悄藏起
从此不提
我们只是看上去欢天喜地，也不顾
流言蜚语
我们不再拥有青春，这不是耸人听闻
我们依然
雄心勃勃，即使只剩下一颗单纯的心
我们依然渴望成功

2013 年 6 月 3 日

读《荒野》

致莎曼萨 · 哈维

像蓝色的海浪，一次一次冲击着
海滩，那巨大的
轰鸣，消失在渺无人烟的荒芜中
死神，戴着
阿尔茨海默症的面具，悄悄潜入
他的记忆中
就像纷杂的海藻纠缠着海藻
没有头绪

他说海浪有意义就有意义，他说
海浪不是

蓝色就不是；因为是他的生命
赋予世界的
界定。一个一个的词汇在减少
一个一个的
亲人的离世，爱是最后的坚持
毋庸置疑

他曾经英俊过，依然有不少女人牵挂着他
他曾经智慧过
那华美的建筑，一砖一瓦在他的图纸上
显现，当推倒
房屋的机器启动，他的思维也开始
慢慢坍塌
谁看见了那些支离破碎的海浪
他始终

恍恍惚惚。比死更可怕的是寂静
不知道灾难降临
就不懂得恐怖，即使下一刻灾难发生
只有充满爱心的
凝注，只有像阳光一样璀璨的微笑
能够抚平
死神制造的创伤，无论那创伤
有多么巨大

2013年6月1日

女人的渴望

致 L.J.M

女人有无数个愿望，有哪一个男人能够猜中
能够猜透
女人的男人，才能赢得女人的青睐
渴望美丽
是一个永远不能说出的秘密，女人将秘密
深藏在
静默中，血液滋润着，肌肤包裹着
那条朝思暮想的

裙子，挂在天边，还是挂在不知道的栏杆上
还是消失在
许许多多的裙子中间，需要女人的慧眼去寻觅
去选择
裙子等待着女人，如同情人等待着幽会
到那个
永远没有距离的小店，去寻觅芳心，那条米色的
裙纱，透着青春的

魅力，领口金珠闪烁着熠熠的光辉
那些流金岁月
镶在领口，意味着说不尽的甜蜜和炫耀
那条金光闪闪的
腰带，也是那么迷人，打着密密的裙裥
也让女人

爱不释手，女人倾慕的目光不能移动
定格在裙子上

当花容月貌已成过往，只有仪态万方的裙子
能够留住夏季
只有独一无二的裙子，能够表达高贵与时尚
能够留住
女人的梦，裙子征服女人，女人征服世界
关于裙子
有多少喜悦和向往，女人站在明亮的镜子前
肯定自己

2013 年 5 月 26 日

阳光璀璨

致 Z.J.R

走进冬日，走进阳光，冬日的阳光
温暖如春
有着家的感觉，弥足珍贵；阳光
照耀着富人
也同样照耀着穷人；没有人能够
囤积阳光
像囤积幸福；没有人能够出卖阳光
如同出卖真理

屋顶的积雪反射着刺目的光芒
寒冷滴着水
那些关于阳光的传说已经随流云消失
没有消失的云
挂在树枝上，等待着下一次的梦幻
一层一层
厚厚的衣服是冬日的枷锁。太阳每天升起
没有人表达感谢

阳光照亮了每一个角落，赠予人们
永恒的光明
世界因此鸟语花香，尽管寒冷
无所不在
依然有花朵含苞怒放。那些贫穷的
人们有福了

阳光不分彼此，阳光让黑暗的罪恶
暴露无遗

岁月铭记着阳光璀璨的日子
人生因此美丽
阳光给痛苦与悒郁涂上一层金边
让希望萌生
那一曲《我的太阳》，是生命中
最后一缕阳光
人们将幸福得闭上眼睛
毫无遗憾

2013年5月14日

青青的甘蔗林

青青的甘蔗林，你在泥土广漠的拥抱里
无论风
吹向任何方向，你不会停止摇曳
你听到
风的低声细语，你听到青涩的呼唤
但是你
保持沉默；岁月的五光十色搅乱了
你的沉思默想

甜甜的甘蔗林，你散发着甜甜的芬芳
那甜蜜的
诱惑，让年青的心不能自持
你感受到
雨的洗刷，雨让你的青色充满生机
雨是留不住的
只有你知道，雨滴最初的湿润
是多么舒爽

密密的甘蔗林，你笔直的身躯，证明了
你的刚正不阿
青春的梦在绿叶间闪闪烁烁
撕去一道
晚霞，你并没有怨言，皎洁的
月光，为你涂上
一层银光；在月光下你轻轻舞动
婆娑暗影

躲过了红色的毒素，你让甜蜜
更加甜蜜
你没有倒下，但是死亡是注定的
面对时间
月亮也无能为力，面对黑暗
你的身躯
依然笔直，你不惧怕荒芜，也不惧怕
飞逝的流云

2013 年 5 月 13 日

致麦穗

致简 · 奥斯汀

翻开书页，如同翻开纠结百年的孤独
时间让目光泛黄
风吹落一个一个静谧的日子
你不能说出
夜晚的深邃和沉重，有金色的麦穗拂动
在金色的梦中
你没有找到那只摘下麦穗的手，你少女的期待
在静谧中落空

在麦苗青绿的季节，你同样拥有婀娜多姿的
青春，有多少岁月
在麦穗的摇曳中成熟，而你也拢齐了金色的头发
有多少个姑娘
不知道自己，你已在《傲慢与偏见》一书中
领悟了人生
麦田一望无际，你默默怀着的希望比麦田
更加广阔

墨水知道你所有的秘密，吸墨粉
吸去所有的骚动
所有的眼睛和耳朵都想知道你的心事
而鹅毛笔
挡住了所有的窥视。麦穗比你的生命短暂
麦穗比你的生命

顽强，在收获的季节，刈割的镰刀就在
你的笔下挥舞

你用笔书写着人生的春播秋收
有一个戴着
金色草帽的男青年，曾经闯入过你的心灵
在唇枪舌剑中
你败下阵来，不是因为你的愚蠢，只是你知道
你没有
丰厚的嫁妆。你像金色的麦穗一样，注定
终生在风中摇曳

2013 年 4 月 28 日

铺满花瓣的小径

一条石板铺成的小径，落满了
缤纷的
花瓣，那曾经让我们驻足凝注的花朵
文人墨客
曾经吟诵的诗句，将花朵的美丽
永远留在
世界上；翻过思绪，依然有悒郁的
感叹深深

阳光下，花朵从含苞怒放到凋零枯萎
如同白驹过隙
我们从如花似玉的青春到风烛残年
我们抓住了
回忆，虽然回忆是那么苍白无力
我们失去了
双亲的慈蔼，虽然有一天我们也将
失去生命

这段小径，从我们的梦中延伸，我们的
梦失踪了
而小径依然，花瓣依然，没有人能够
阻止小径的
消失，那花瓣无可奈何地飘落
那短短的

小径，让我们神往，让我们销魂
不言而喻

小径注定要消失，花瓣注定要消失
因为爱柔情似水
因为爱是那么脆弱，如同这柔软的花瓣
即便小心翼翼
步履依然会踩碎花瓣，花瓣将变为泥土
经历春风秋雨
世界每天都在改变，只有我们对生命的渴望
始终不变

2013 年 3 月 29 日

父亲

纪念父亲辞世 45 周年

父亲长年漂泊在我们的记忆之外，童年
残缺不全的
印象，拼凑成父亲的慈蔼。童年是公园
旋转的
木马，我们没有注意父亲旋转的目光
童年，是大树下的欢笑
追逐着欢笑，父亲是大树，托起我们
幸福的天空

不懂人世的我们，提着裂开脑袋的洋娃娃
追随着父亲
走进花园，墙壁上的瓷砖鱼吐着汩汩的水流
吐着无言的
紧张，洋娃娃转动着没有表情的眼珠
我们茫然地
望着父亲，看父亲在假山石上烧着信笺
那都是一些

用毛笔写在宣纸上的信，灰烬飘落在我们的
人生中
我们默默地看着，一言不发。父亲依然心平气和地
给我们讲故事
我们不认识“格林童话”几个字，却听得
津津有味

青蛙王子跳出了深井，跳出了我们的幻想
衔着小金球

父亲从不向我们提起金戈铁甲的
戎马生涯
逝去的历史成为和平年代的背景
父亲握枪的手依然坚强
当父亲惨死在乱棍之下的噩耗传来
泪水湿透时间
我们永远失去了童年，失去了父亲山一样
深沉的关怀

2013 年 3 月 15 日

螺旋式的楼梯

望着螺旋式的楼梯，见不着楼梯的结束
站在楼梯的
底部，目光看着一级一级的楼梯
恐怖在心底
弥漫，幻想像扭断脖子的死尸
横躺在
虚无中。太阳穿不透楼梯的阴暗
静谧深深

因为看不见潜在的危险，所以是真正的危险
孩子蹒跚的
脚印，老人无力的姿势，没有人看见
腿骨骨折
让人手足无措；仿佛年青时面对
崇山峻岭中
嵌着的羊肠小道，让人感到通天的路
步履维艰

拐杖在晃动，恐怖在摇摆
没有人的
搀扶，攀登成为不能克服的威胁
此刻
坚强的臂膀凸现出力量；成为一生的
铭记

楼梯还在旋转，目光还在忽隐忽现地
旋转

此刻，诗情画意统统消失殆尽
一阵寒风
吹散了静谧，疼痛在思绪里隐隐作怪
除了面对现实
别无选择。踩着坚实的楼梯，每一步
都是摇摇晃晃
期待遥遥无期，没有人知道腿骨何时
能够战胜楼梯

2013 年 2 月 6 日

读《日出之前》

致米哈伊尔·左琴科

日出之前，请摘下你的肩章
以此证明
你不是一个徜徉在书页边缘的幻影
而是一个
实实在在让我一往情深向往的男人
让热情销魂
热情不须修改，当目光凝注
我们心心相印

见到你的人，承认你是一个英俊的男人
了解你的人
知道你是一个大智大勇的男人
你的睿智
像午后璀璨的阳光让人感到温暖
让我放下疲惫
在你的胸前小憩片刻，然后抬起头
炫耀我的美丽

有人说：水代表潜意识；你说水
是祸殃
没有人能分辨关于水的语言，让水
在时间里退潮
让恐怖的水草拂动在恐怖中
理性终将筑起

高高的堤岸，让五彩缤纷的野花
凸显芬芳

没有经历痛苦的幸福是不可能的，经历过
大悲大喜的人
是坚强的。你前行在枪林弹雨中
绝不屈服于死亡
你用生命编撰的书，让我重获青春
让我们
在千丝万缕的情感中，躲开岁月的
雷鸣电闪

2013 年 1 月 19 日

冷

狂风卷走了我们的浪漫，卷走了雨滴
雨留下的
脚印模糊不清；冷是一片一片黄叶的形状
清洁工人
艰难地挪动扫帚，清扫着数也数不清的
黄叶
就像西西佛神话一样。谁唱起了那一曲
《感恩的心》

谁听见了那首歌？感恩节已经过去，谁让
那一首温馨的歌
盘旋在天空？冷连着一条街又一条街
这就是
我们夏天渴望的季节吗？没有人知道
我们已经永远
失去了温暖的怀抱，我们已经不再相信
看不见的诺言

冷要把我们带向哪里？圣诞节的贺卡和祝福
将在飘雪的
时刻通往心的目的地。爱美的女孩在街口
穿着超短裙

在瑟瑟发抖，就像那一朵一朵五彩缤纷的
花朵在凋零
当我们匆匆走过，将一点怜悯的感情
深藏在目光后面

冷像风一样，驱赶着黑压压的人群
我们都想回家
家是我们诞生的地方，也是我们死亡的地方
仿佛唯有家
才是躲避冷的唯一的避风港
我们遵循着冷
将最宝贵的亲情、友情、柔情
统统遗失在梦中

2012 年 12 月 23 日

黄叶纷纷

致 F.X

漫天的黄叶飞舞，每一片黄叶
都粘着悒郁
你追随着黄叶去了，悄无声息
那一段
剪不断理还乱的思绪，让我站在
大街上
悲痛欲绝，我默默地捡起一片树叶
寻找你

最后一次微笑。你的遗愿挂在了哪一棵
树杈上
我追寻不着，你走时是否带走了所有的
记忆和悲哀
而你不愿诉说的心事，又是为什么
用一层一层的
沉默包裹着；你可以坦率地说出来
让我和你一起承受

我没有见到你最后的容颜，你的名字
刻在冰冷的
大理石上，我用心声唱一曲《在水一方》
你能听见
我的祝福吗？我捡起一片黄叶
黄叶上

铭刻着生命最后的颜色，黄叶飘落
就再不能复生

怔在噩耗中，我的心如刀割。你的音容笑貌
一一重现
你爽朗的话语又一次回响在我的耳畔
我是疏忽了
我曾经以为你很快乐，我以为你已经
远离了
冬天的黄叶，而不知道层层叠叠的黄叶永远
埋葬了你的奇思妙想

2012 年 12 月 8 日

听交响曲《红旗颂》

致 L.Q.M

当年青的指挥在空中挥了一下手
一片飓风
向我们袭来。我们仿佛听见了千万面旗帜的
飞扬声
正震荡着空气和历史的回声，我们英雄的
父辈已经长眠地下
他们带走了关于战争的残酷和恐怖
那一面一面的旗帜

是他们的鲜血染成；那旗帜还在前进
小提琴和大提琴
拉出了征马长嘶的悲壮；千帆过江的
壮阔的长江
有炮弹掀起的千层波浪声，摇橹声
划破黎明前的
静寂；指挥稍稍划一个弧线，就有成千上万的
将士战死军歌声中

红旗飘飘，乐声飘飘；红旗是英雄的
灵魂，旗手
是胜利的象征。红旗在硝烟中继续前进
旗帜上残留的
弹孔，告诉我们先烈们是经历多少枪林弹雨的岁月
终于将红旗

插上国民党总统府的屋顶，迎来了新中国的
诞生与和平

小提琴的琴声时而低回，时而激昂
倾诉着
对先烈们的崇敬，他们前仆后继，面对死亡
视死如归
我们作为英雄的后代，生在红旗下
长在红旗下
我们曾经戴过的红领巾是红旗的一角，红旗不倒
我们的江山不倒

2012 年 11 月 12 日

静静的小屋

致 Y.Z

静静的小屋，充满着深深的静谧
当你迟缓的脚步
踩响静谧，带来了桂花的芬芳
甜甜的
沁人心脾；在你的欢声笑语中，秋天的
梨树开始结果
梨是不能剖开的，我们的心愿因此是
圆圆满满的

小屋里没有奢华的家具，也没有美丽的
化妆品
小屋里弥漫着看不见的亲情；静谧中
你饱经风霜的
脸上，刻着一缕微笑，你就像亲姐姐一样
情同手足
你回答着我的焦虑和迷惘，五彩的菊花
点缀着你的理解

时间在不知不觉中逝去，时间带不走
你的轻声曼语
无须一个手势，你就能猜透我的思绪
我们的心
是靠得那么近；玻璃窗透进一片
璀璨的

阳光，阳光照亮我们神采奕奕的目光
无须言说

静静的小屋，响起你离去的步履声
你没有离去
就像那一阵浓浓的桂花香的桂花树，那曾经
听到过的
侃侃而谈，依然回响在我们身边，你的
音容笑貌历历在目
小屋静悄悄，那难以释怀的孤独感
慢慢消散

2012年10月19日

等待那一刻

致 Z.W

等待那一刻，多少年的等待只是为了等待
最后一次的
离别，是一天，是一分钟，是一秒钟
我已经
无从分辨。等待圣诞钟声的敲响
敲击着
我的心灵，那沉重的余音，将环绕着红色的
圣诞花，那红色

摇曳在我的泪光中，默默无语，晶莹的
泪珠潸然而下
是谁的错？我有口难辩，让钟来解释
让时间来证明

千思万虑如同石头，沉沉地压在心上
那血一样红的
爱，那夜一样黑的怨，交织在静谧中
颤抖的

烛火，燃烧着炽热的情感
当风吹过
微笑和喜悦消失得无影无踪
向谁去诉说
圣诞花只是为了红色而摇曳，我只是
为了爱而生存
而当爱已经逝去，我又为谁
保持美丽？

我要面对的，不是咬牙切齿的诅咒
而是午夜
响亮的钟声。当钟声敲击着静谧
告诉我
世界没有遗弃我，岁月没有遗弃我
那消失的
分分秒秒，将在我的生命回忆中
一一重现

2012年10月7日

听歌曲《忘记他》

忘记他是一个多么简单的词，又是一个多么苍白的词
而真的要忘记
心情又是多么沉重。要忘记那日日夜夜都在
盛开的蓝色的勿忘我花
忘记那些熠熠生辉的星星和月亮
要忘记刻骨铭心的
思念和渴望。就像一颗无情的子弹
没有穿透心脏

却嵌在心上，那样冰凉和炙热的感觉
那些美丽的
日子，从此灰飞烟灭，从此一刀两断
让那伤痕
永远留在回忆中，留在那一刻
没有见过你
英俊潇洒的模样，你将缠绵悱恻的
音乐，表达自己

千回百转的音乐，让我不能自已
我开始坠入
相思，我默默无语，梧桐叶
默默无语
谁能安慰我，谁能理解我
我陷入痛苦

我将生命赋予你，却不能在一首乐曲中
遇见你

也许，我能理解你，但不能原谅你
纵使你有
千条万条的理由，但是相思不需要任何借口
忘记。忘记
从没有的开始，忘记所有的泪珠和甜蜜
从此，天各一方
也许，璀璨的星星还会升起，但再不能
照亮我的心灵

注：《忘记他》，邓丽君演唱。

2012 年 10 月 3 日

走过你家门口

致 C.L.B

走过你家门口，如同走过你心的门口
门牌号码依旧
我的思念依旧。遥想我们青涩的青春
你是那么英俊
我是那么美丽，你像每一个无冕的王子
我像一个
无冕的公主，而我们并不知道青春的可贵
青春对于每一个人

都只有一次。现在你有了家室，有了孩子
我依然徘徊在
群星璀璨的孤独中；没有人倾听我的诉说
那漫长的
静谧，围绕在梧桐树下，就像一条黑色的
长围巾，环绕着
寒夜，在默默的凝注中打了一个结
没有人看见

多少年过去了，群星依旧璀璨；那飞速前行的记忆
依然顶着风
碾过那一个独一无二的夜晚，静谧碾碎了
而我们
在欢乐中，悄悄拽着一把衣角，那微笑
就点缀在

我们含苞欲放的脸上；自行车印无痕
疯狂无痕

当岁月的风霜染白了我的双鬓
我没有用药水
漂染思绪，我依然骄傲得像一个公主
你也依然
我们心有灵犀，不言而喻
你侃侃而谈的
神情，依然像你的名字，深深铭刻在
我单纯的生命中

2012年9月18日

她

望着她离去，我才松了一口气，我怕她的贫穷和懒惰
会传染我。她已经无药可救，她放弃了劳作，如同
放弃了生活；那像狼一样嚎叫的狂风
吹落无数时间的
棉铃，那些僵硬的棉铃，没有划破
她白皙的手指

血染红的惊慌，没有弥漫在她懒洋洋的目光里
那些寒冷的冰霜没有在她的黑发上
冻结成冰珠
那些稀薄的玉米糊，那些饥肠辘辘的岁月
她都没有
经历过。人生总有苦难，逃得了初一
逃不过十五

她是幸运的。但是，谁能不经历苦难
不劳而获
她迷失在美丽的镜子中，她拥有青春
但不能永远年青
车水马龙的大街上，有她孤单的影子
她能否潇洒地

穿过霓虹灯，不被疯狂的死亡撞伤
谁都不能承诺

我听不到轻微的啜泣，我装作不知道
无论怎样的
猜测，生活总要暴露狰狞的一面
到那时
任何人都不能帮助她，多少泪水都无济于事
需要一个红苹果
都会成为一个奢侈的愿望，她除了苟延残喘的地
乞讨，别无选择

2012年9月11日

蝉

夏天，是穷人的季节，蝉是穷人的歌者
白昼，炙手可热的
空气在涌动，蝉鸣，证明着骄阳似火
夜晚，洒一片
璀璨的星光，蝉在梦里继续歌唱
夏天已经逝去
蝉已经不再浅吟低唱，它的声音
越来越微弱

蝉在悄悄地哭泣，没有人听见
它生命的
黄金季节已经远逝。秋天里
没有翅膀的
落叶纷纷飘零，落叶将和蝉
一起消失
深沉的大地会拥抱蝉的身躯
让它归于平静

不要用悒郁的情绪想起蝉
蝉将灵魂
和夏天的激情，统统留在树干的
年轮上
有多少记忆，就有多少美丽
是谁策划了

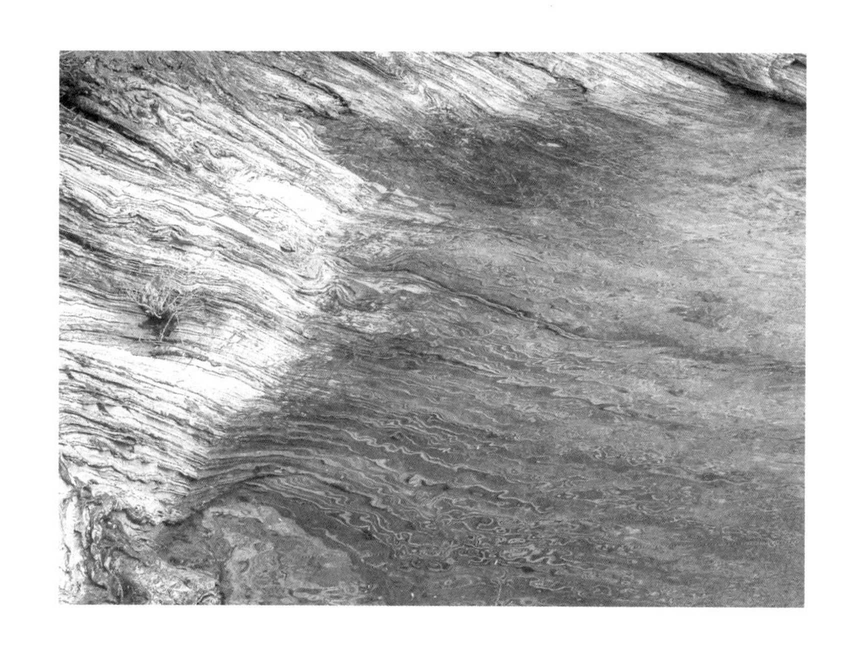

秋天，秋天最初的一场雨，打湿了
红红的

苹果的芬芳。谁能理解翩翩飞舞的
秋风？谁能理解
惆怅的秋天？是谁扼杀了蝉的声音
没有人注意
穷人将希望夏天的鸣唱，再次纷至沓来
人们将祈祷
默默地保留在心上，秘而不宣
只有蝉知道

2012 年 9 月 7 日

一颗水晶石链坠

致汪君

我从一颗水晶石链坠认识你
不是钻石的
奢侈，也不是纯金的俗气，这水晶石链坠
掩饰的是你的
拮据，还是意味着永恒爱情的信物
你侃侃而谈
没有触及我的好奇，我透明的目光
在水晶石上移动

就像思绪在我心中移动。那淡黄的水晶石
每一个切面
都折射着你的人生轨迹，你将山盟海誓
写在纸上
还是刻在灵魂深处，孩子十年的生命历程
印在你的额上
你为多彩漆漆成的蓝色的家，付出了青春
你已经不是

明眸皓齿，在这个物欲横流，诚信匮乏的年代
那美丽的
水晶石，是否能在疲乏的瞬间，让你释怀
我的好奇
就像水晶石的光辉，那光辉有多刺目
你的故事

就有多精彩。当你潇洒英俊的夫君从
清晨门中消失

你是否有一丝疑惑和担忧？你是否能
再与他携手
十年，二十年，或更长久；我暗暗为你捏一把汗
你付出了生命
你是否能得到同样温柔的回报？没有人知道
颈项上细细的
链条和水晶石链坠没有乱晃，生活有条不紊地继续
没有发生天崩地裂的海啸

2012 年 9 月 3 日

听歌曲《甜蜜蜜》

致邓丽君

你倾国倾城的歌声，唱进我们心里
我们因此
生出美丽的渴望。那一曲《甜蜜蜜》
唱进了
千家万户，每一扇紧锁着的窗玻璃上
悄悄的
都铭刻着你的名字，那甜蜜穿过湛蓝的
天空，在天地间

回响，让我们心心相印。在我们懵懵懂懂的
生命里
我们并不知道什么是美，那姹紫嫣红的
花朵，戴在你的
黑发中，是那么美轮美奂，美不胜收
你的腮红
你的盈盈眼波，让我们知道这就是
青春，这就是人生

我们在你的歌声里，听炊烟升起。听温情弥漫
听井轱辘放下
打起一桶一桶的甜蜜。每一个人都经历过苦难
但是，我们
不能偷偷地躲在门背后，独自泪流满面
我们必须面对自己
面对没有歌声的岁月，每个人都知道
沉默的重量

你隐藏起自己的伤痕，将甜蜜的微笑
都留给我们
那每一句歌词都是那么动人，都是那么单纯
我们心醉神迷
你就像颗划过天际的璀璨的流星
照亮世界
照亮我们的一生，我们将在思念中
保持甜蜜

2012 年 8 月 22 日

夏夜

致 Z.G.H

失眠的夏夜，天上没有满月，也没有哭泣的
星星；白云和乌云
在做着拼图的游戏，多边形，四边形
云彩切断了
凝望的焦虑，黑夜依然像无数个黑夜一样
是心理学家
洞穿了黑夜，说焦虑是一生的挑战
云彩后面

是我不知道的神秘，还是死神无情的面具
如果是岁月
磨砺的白发苍苍，那或许人们会静静等待死亡
在花容月貌之际
谁能不敬畏死神；死神以风雷不及掩耳之势
以各种理由
抓走任何一个人。夜，静悄悄，谁感受到那
轻轻的脚步

那一颗一颗绿葡萄的甜蜜，那些亲切的交谈
还在记忆中
延伸，骄阳的酷热在静谧中残留着
密密麻麻的

缝针让人恐怖，死神在骨头上划了一个圈
痛苦就变得
不堪忍受，一切的焦虑和耽心，仿佛
都成为多余

一片蝉声消失在夏夜中，自由自在的风掠过
婆娑起舞的树影
发出沙沙的声响，静谧在无限扩大
朋友是否战胜死亡
那像梦一样美丽的相逢，是否是最后的永诀
每个人都要为自己的
愚蠢付出代价，有什么办法可以阻止死亡
没有人知道

2012 年 7 月 22 日

夜，静悄悄

致 W.Y

都市的夜晚灯红酒绿，夏天的
花园静悄悄
在被时间遗忘的角落里，有人
正烧煮着
夜的骨头。有人在空调里
抽着烟
有人在看着裸体的盗版碟
温馨的

灯光，依然那么安详，一切
都没有发生
一切都没有人知道；有人从
铁门穿过
有人跨过了夏天的灼热
有一股
焦枯味穿过窗户，在墙壁上
飞翔

有鼻子贴近了静谧，房屋
静悄悄
看不见的蓝色的火焰，静悄悄
危险

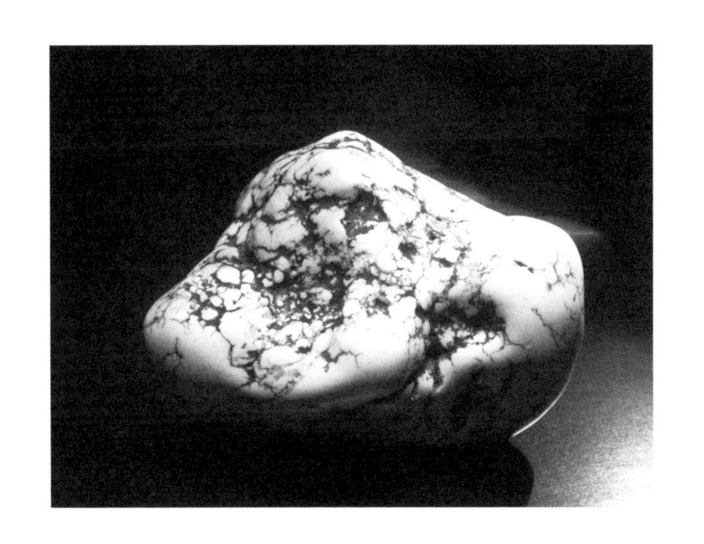

正戴着狰狞的面具在偷偷地
逼近
陌生的钥匙，插进冒烟的
锁孔

浓重的烟飘浮着，丰腴的手
举着失聪的手电筒
缓缓穿行在黑色的静谧中，突然
目光落进
焦黑的锅里，正煮着黑色的夜的骨头
赶紧盛水
浇灭了烟，也浇灭了火焰
夜，静悄悄

2012 年 7 月 12 日

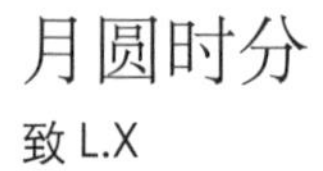

月圆时分

致 L.X

月亮圆满的时候，我们起伏不定的情绪
也开始圆满
在月夜下促膝谈心，月亮投下
皎洁的
光芒，镀亮了我们心心相印的语言
明亮的
表情即使被乌云遮住，也不要紧
满月在我们心上

我们将焦虑搁在一边，就像
月亮朦胧时
表达的总是快乐，在忘记
泪珠的
时候，我们开始成熟。我们有相似的
命运，一同
经历青春的幸福，那些给予我们
爱恨情仇的

男人，我们都没有说，归于平静
是我们

生命的夙愿。我们谈着诗，和那些
在诗歌中
粉身碎骨的诗人，一切都还历历在目
给予诗人
赞美，是每一个谈者的渴望和祝福
谁都喜欢

赞美，每个人的心都是脆弱的
当月光
开始编撰诗集的时候，我们在
浪漫的
诗歌中寻找回忆，寻找岁月留下的痕迹
月光拽不住
我们的兴高采烈，我们在喋喋不休中
一同经历静谧

2012 年 7 月 3 日

钟

致 X.X.L

时间是生命。时间是钟，生命不是钟
在无意中
放上几个钟，我拥有丰富的时间
而我
依然青春不在。钟摆每天都是指向今天
只有今天
是可以看得见的，其余时间都是虚无
我会死亡
而时间不会。偶然中，手表突然脱落
重重地摔在

我的惊恐中，手表还在嘀嘀嗒嗒行走
电池和机芯
都裸露着，仿佛我的心脏也裸露着
此刻
时间依然，每当我伸出左手
不能更改的

习惯，仿佛也重重地脱落了，我的生命
发生了
爆炸。人类创造了时间，是为了给予生命
一个确定
坐标；是为了创造世界和繁衍生命
我不数数字
只要看一眼钟面，我就知道
一天又要过去

在钟的面前，一切努力和生命
无法挽回
逝去的时间；时间是警示，当我陷入焦虑
我会忘记
钟表的嘀嘀嗒嗒，而当我注意时间时
那是我的心脏
在搏动，我会在混乱中，感受
时间的可贵

2012年6月26日

信

致 T.A 诗人

在期待着白玉兰的盛开，芬芳的
期待中
夏天挟着炽热和你的信
穿过密密的
鸽群，避开鳞次栉比的高楼大厦
你的信
平安地抵达我的手中。阅读着你工整的
小字

阅读着你工整的兄长之情；我不禁
阅读了
一遍又一遍。有多少时候，我固守着
静谧与单调
只有肖邦的夜曲穿透沉重的日子
还有什么
比远方的祝福，更让人感到
欣喜和宽慰

在那逝去的年代，我经历过青春的不忠
那偷窥的
目光撕裂了我的单纯，信纸没有留下痕迹
感受家书抵万金的

幸福，和被撕裂的等待，我曾经
沿着高低不平的
田埂，紫色的蚕豆花一路陪伴我，取回
亲人的牵挂

但是，至今，我依然不能怀着夜一样的平静
等待远方回信
信像一片云一样不确定，期待似风一样无常
只有手触摸
信纸的菲薄，紧紧捏住的时候
你的谦和
与你的智慧，才能在我灵魂深处
刻骨铭心

2012 年 6 月 20 日

走过桃花街

我走在桃花街上，满眼是簇簇灼灼的桃花
粉色的桃花
仿佛在窃窃私语，没有人告诉我
桃花艳丽
还是我更加娉娉婷婷，温馨的春风
拥抱着我
花瓣盛开在我美丽的心情中
漫天飞舞

那被痛苦遮盖的阳光，曾经是我生命的
一部分
那包裹里夹着慈母语重心长的关切
那一盏颤抖的
煤油灯熏黑恐怖，让沉默的往事
让远方
有毒的罂粟花和红色的诱惑
永远留在恐怖中

桃花瓣飘飞，我的脚步亦飘飞
桃花瓣的
粉色，覆盖了宽敞的大街，也覆盖了
一层厚厚的
粉色的芬芳，当桃花落在我的双肩
我并不掸去

花瓣是那么温柔，如同一个柔软的梦
嵌在生命中

我知道青春可贵，来去匆匆，我知道
脊背上
有许许多多的凝视，而我不屑一顾
让热情的
注视留在注视中，我仿佛感到了自己的如花似玉
没有人告诉我
青春的秘密和幸福，而桃花的启示
让我欣喜若狂

2012 年 6 月 16 日

黄浦江水汩汩地流

致 Q.X.Y 老师

黄浦江水汩汩地流，流进我的梦中
隔着重重的
波浪，您像深入水中的阳光
笑容像浪花
一样绽放，老师，我看见您的脸
是那么亲切
那汹涌的黄浦水清晰又模糊。
我忘不了您

在课堂上朗读我的作业，多少年时间
像黄浦江水
流来流去，只有你的声音漾在
幸福中
那时没有教师节，也没有姹紫嫣红的鲜花
我将晶莹的
泪珠献给您，您的沉默像江水一样
久久地沉默着

当年是您的关爱，奠定了我一生的理想
但是，您没有告诉我
追求理想要经历千辛万苦，就像那深深的
黄浦江水
曾经埋葬了多少看不见的痛苦与叹息
黄浦江水
见证了我青春的祭祀，只有您的谆谆告诫
终生难忘

今晚，我们相逢在梦中，就像黄浦江水的涛声
欲说还休
曾经有多少噩梦，让我看不见您的影子
您的灵魂
召唤着我，黄浦江水召唤着我
群山峻岭
不能阻断我，我要回到您的身边
重新感觉您的睿智

2012 年 6 月 6 日

读《王国维词新释辑评》

顺着一缕月光，我们悄悄进入他的心灵
他是有意
还是无意展露了心的伤痕；也许娟娟竹林
听过他太多的
叹息，也许风里响起太多叮当珮环声
我们和他一样
见到绿纱窗，见到那一地丁香雪，我们是否
读懂了

他的离愁别恨，我们是否读懂了他的悲哀
人天生是
孤独的，意识到孤独是一种痛苦，意识不到孤独
是一种麻木
世界上没有两片一模一样的树叶；人生仿佛注定要
寻找知己
寻找美丽，寻找幸福；寻找是人生艰难的跋涉
而青春留不住

如果摆脱不了孤独，他将不眠之夜托付给谁
那星寒月冷的
栏干，谁和他一起推敲精曲雅韵
谁和他一起
依偎寂寞的残云。那静静的小径上
有鸟儿飞翔

他不是鸟，他走不出深夜中的凄凉，谁听到了
喃喃低语

我们听懂了遥远岁月里他的孤独，不是每个人都能
找到知己的
知己可遇不可求；面对充满艰辛的人生
他有勇气
承受，他有勇气说出来；他不需要怜悯
也不需要
赞扬。当他心碎的时候，他将优美的词
留给世界

2012 年 4 月 11 日

读《拒绝奴性：中共秘密南京市委书记陈修良传》

当她走完追求真理的最后一步
她将旗帜
留给天空，她将脚印留给大地
她将忧心忡忡
留给二十一世纪的祖国和人民
这就是
我们的父辈，我们英雄的父辈
我们的心

怎能不震撼，我们怎能不热泪盈眶
没有人能够
剥夺她的微笑，她的微笑曾经是那么单纯
又是那么坚毅
她的微笑不是魔术师的面具，那是她对
情同手足的

几千名地下党员的关爱，南京地下党组织从来
没有被破坏

奇迹始终等待着创造者。多少次死亡与她
擦肩而过
她依然微笑着，只是平静地捋一下短发
她已将
生死置之度外；红旗不倒，她的信念不倒
前方的子弹
还是背后的子弹，都不能击中她的心脏
鲜艳的

红旗，是她和千千万万的先烈的鲜血
染成
她已经长眠在鲜花丛中，保持永恒的沉默
沉默是另一种
语言，她是永远的胜利者，即使没有
佩戴金色的
勋章，她依然是胜利者，公正的
历史为她作证

2012 年 3 月 7 日

读《黑犬》

致伊恩 · 麦克尤恩

《黑犬》不是一个关于狗的故事，那是像黑狗一样的
纳粹恐怖的
阴影，出没在世界的每一个角落。杰里米在失去双亲后
他在寻找家，
他找到了家，但是还不够，他在寻找精神的家园
他在寻找
安放灵魂的地方。精神的家园可能是一幅画
或是一本书

或是一片草地。那遥远朦胧的灯光给人以安宁
给人以希望
而灵魂栖息的地方，那将是不让任何脚步
践踏的净土
每个人都因系着这片净土，放弃了坚守
那人就不再是人
连禽兽都不如。世界没有意义，他要为自己
创造一个意义

他在寻找中，琼找到了上帝，伯纳德找到了政党
杰里米在
岔路口，犹豫不决。当柏林墙倒下的时候
一小群新纳粹分子

推倒了伯纳德，纳粹的阴魂不散
随着诺曼底防线的
突破，原子弹的爆炸，法西斯注定要失败
注定饮下毒鸩

杰里米正在继续寻找家园，他将困惑和不安
也留给了
读者；纯粹留下的两条野狗还不时袭击行人
一把水果刀
可以刺伤野狗，恐怖可以仓皇消失。纯粹的阴影
还在弥漫
那些焚尸炉的烟囱没有倒塌，时时刻刻
警示着人们

2012 年 2 月 18 日

听歌曲《冬之旅》

致舒伯特

在温暖的房间里，听舒伯特的套曲《冬之旅》
窗外狂风旋转着
枯枝败叶旋转着，万物萧瑟。我们不禁想起了
滴水成冰的
北国，冬日的恐怖在冰雪中凝固，我们的思绪里
挂满冰凌
是绝望追逐着旅人，旅人不能停下脚步。舒伯特将
美丽和苦难统统

留给了我们，然后撒手人寰。美丽的苦难，依然是
苦难，那万劫不复的
苦难，有人说是一种财富，那只是对成功而言
对于失败者
苦难是一种耻辱的标记，我们追随着歌曲
那一群不祥的
乌鸦在墓园里聒噪着，我们嗅到了一种
死亡的气息

舒伯特是成功者，世界赋予他歌曲之王的美誉
他以自己的
名字镌刻了一个里程碑。每个人的人生
都有冬季
不管是否承认；没有人能够准确说出
苦难要延续

几年，几十年，甚至一生；除了逆来顺受
别无选择

歌声中，没有人能够忘记冬日的严酷
没有人能够
忘记撕心裂肺的痛楚，太阳只剩下
一缕淡淡的光辉
歌声让我们重新体验不堪回首的往事
为了坚守美
舒伯特付出了生命，而我们又何尝不是
忠实的追随者

2012 年 2 月 7 日

观看春节烟花

春节的夜晚，是一个不平静的夜晚
我们的目光裸露
爆炸声震耳欲聋，我们的耳朵像兔子一样竖起
聆听节日的
声音，聆听心的节奏，喜悦穿上了溜冰鞋
在黑夜的
上空急速地滑动，去年即将结束，当烟花在上升
我们在

五彩缤纷的烟花里迎接金色的新年。旧的寂寞
旧的渴望
没有随时间消失，璀璨夺目的烟花穿越了
没有人可以
穿越的幻想和理解，直指天空，让我们所爱的人
能够在一刹那
和我们享受同样的欢欣，并暗暗许下
自己的心愿

烟花继续在爆炸，天空为之抖动，大地为之震颤
那些五颜六色的
霓虹灯黯然失色，我们就这样紧盯着天空
一动不动
又升上姹紫嫣红的烟花，没有人问我们
命运是否像烟花一样

腾飞，是否像烟花一样陨落，然后化为尘埃
没有人

会问我们，白昼美丽，还是黑夜更美丽，我们各自
保持着矜持
每个人有每个人的答案。我们曾经欢欣鼓舞
也曾经
埋头沮丧；在接近午夜的时候，静谧又
悄悄来临
我们心中有莫名的冲动和沉重，在慢慢地
四分五裂

2012 年 1 月 25 日

一封没有寄出的情书

当时间像潮水一样退下，我的目光像游弋的
月光忐忑不安
天上没有星星，喧嚣的白昼消失在灯红酒绿中
在静静的夜
静静地想你。思念是街心花园的喷泉
清澈而透明
思念是路边盛开的茶花，柔弱的枝头，思念
不堪重压

思念是一种幸福，思念是一种折磨
《舒伯特的小夜曲》
风一样吹过，你没有为我弹奏，吉他
静静地
搁在哪里？我多么渴望你的
回眸一笑
轻释我沉重的心事，你只留给我一个
英俊的背影

那一封没有寄出的情书，深藏在我的心中
每一个字
都凝聚着我的深情，我不能说出我的相思
如同我不能说出
隐藏在岁月中的年龄，年年岁岁，我就这样等待着
等待着秋叶的

泛黄，等待着骄阳的炽热，而情书就像一个
永远没有结局的

等待。我知道我必须咽下自己配制的苦果
没有人
能够替代我，日子像箭镞一样飞逝
思念让我
永葆青春，我在思念中生存，我在思念里中
死亡，我知道
自己的命运，在柔情最后的一天
情书与思念同在

2012 年 1 月 11 日

2009—2011

听贝多芬《春天奏鸣曲》

纯粹听觉始终是心的聆听。当狂风
锁住窗玻璃
当冷空气完成最后一个舞蹈动作，然后
凝结成冰
我们蜷缩在温暖的房间里昏昏欲睡
有一缕
音乐穿过寒冷，摇醒我们的眼睛
《春天奏鸣曲》

以其不可多得的美妙震撼我们的麻木
我们以忘记
山谷的回声，我们可以忘记童年美丽的洋娃娃
但是我们
将永远铭记春天，我们等待了多少天的时间
我们等待了
多少姗姗来迟的欢乐，《春天奏鸣曲》让春天
永不消逝

每一个音符都是一朵玫瑰花，那抄写在五线谱上的
黑色音符
不仅仅是音符，我们在其中寻找生命的意义

我们在姹紫嫣红中
体验春天，我们卸下了沉重的悒郁，在生活中
有多少悒郁
让我们夜不能寐，《春天奏鸣曲》的动人旋律
将伴随

我们短促的一生。在细细的聆听中
我们听到了
玫瑰花的渴望，我们听到了清晨花朵的
低声曼语
潮湿的感觉里，有蓓蕾在静静地绽放
我们的心
因为感动而迷醉，玫瑰花的芬芳
因此刻骨铭心

2011年12月29日

铁门后的故事

无情的寒风吹落了秋天的心事，黄叶粘在日子上
揭之不去
一扇铁门无情地横亘在我们之间，这不是错觉
我不知道
是无情还是有情；我失落了钥匙，那把开启心灵的
钥匙
我的寻觅之路长长短短，我迷失在路上
没有飞鸟指引我

我在等待，度日如年，却无法排遣悒郁
冰冷的泪珠
跌落在青石板上，我看不见四分五裂的诗韵
泪珠是珍珠
凝聚着沉重的无言，凝聚着浓浓的相思
无人可说
谁与我一起渴望，谁与我一起沉默？我不知道
你举起了蓝色的

勿忘我花，还是将蓝色的花朵搁置在忘却里
泪水洗去了
我脸上的铅华，我的心日益冷漠，那不能忘怀的
如烟往事

在时间里慢慢消散，那炽热如火的青春之血
像红葡萄酒
渐渐失色，只有空空的杯子，盛满了
无尽的寂寞

那扇黑色的铁门依然黑色，雨水锈蚀了铁门
雨水锈蚀了等待
日子还是一天一天地逝去，而你终不来临
我除了等待
别无办法，那挥之不去的似水柔情
仍想倾诉
充塞着我的思绪，我只能在幻想中
才会遇见你

2011年12月6日

读《红胡子诊疗谭》

致山本周五郎

飘散吧，满树盛开的樱花
那梦一般的
花朵不属于长屋的一条街，让粉色的
时间沉默吧！
让花朵放弃吧！菩萨会保佑那些一贫如洗的
人们，只有穿过
褴褛衣服，才能理解贫穷。沿着破破烂烂的
凄冷的感觉

伫立在书的扉页，惊慌失措的目光
在一页一页的
白纸上成熟；洁白的纸浸透了泪滴
但是那最后
吐血的人，却没有看到那翻过来的句号
浓浓的油墨
搅混了花街的黑暗鬼魅，谁听见
风的呼啸

风要掀开屋顶，要让赤裸的贫穷
暴露无遗
请怜悯那些身无分文的人们
不要在嘴角
挂着一丝讥讽；贫穷铺成的榻榻米
有岁月流过的

痕迹；饥寒交迫的呻吟像风一样的
凄厉和无望

在书的末尾，那些贫穷的人们依然漂泊四方
那地底下
挖出的女尸依然一言不发；而贫困
依然一成不变
谁来拯救那些被鼠药毒死的孩子，谁来证明
那些穷人的
善良和诚实；干涸的井底，有贫穷的
秘密深藏

2011年11月26日

逝去的学生时代

致 L.Y.B

我们相逢在白玫瑰盛开的季节里，在经历几十年的
风风雨雨
我们的目光成熟了。白色的排球网网住了
太多回忆
轻巧的排球，就像我们的学生时代那样活泼
而今那只排球
就像舒曼的《梦幻曲》那样，在我们的
心中翻滚不停

让琴声像茶叶一样静静地沉到玻璃杯底
那熟悉的
白色的球网，网住了一些名字，也疏漏了
一些名字
有的远走异国他乡，有的成了阶下囚
而我们
幸运地坐在白色的沙发中详谈，时钟
载走了交谈的眉飞色舞

在经历了无数是是非非，我们的心依然纯洁无瑕
身处喧嚣的年代
要我们保持洁身自好有多难，只有我们自己知道
有飞镖击中梦
我们的梦不能停下，尽管伤痕累累，我们依然
怀着梦前行

《梦幻曲》的余音回荡在我们的思绪里
柔情似水

我们是否为自己的聪明而感到骄傲，骄傲
是一个
美丽的图腾，我们是否在学生时代就坚持着骄傲
所以我们能在
多少年之后，依然保持着胜利者的微笑，我们
并不掩饰自己的喜悦
我们在侃侃而谈中，心的距离在慢慢缩小
体验深深的友情

2011 年 11 月 19 日

在夏天

在夏天，我遭遇了死亡的打击，生命
在痛苦地呻吟
我仿佛丢失了灵感，那柔情似水的感觉
仿佛凝固成石头
实实地堵在心上；我在哪里丢失了诗
是诗疏远了我
还是我疏远了诗，我不知道。诗
就在病房外

几步之遥，我却不能打开门。通向诗歌的
道路
荆棘丛生，离开诗歌的道路也是荆棘丛生
为了那一朵
美丽的奇葩，我愿付出一切。挂在床头的
盐水瓶
有生命之液一滴一滴落在目光里，生命之梦
悬挂在床头

我的心不能面对受伤的影子；夏天的梦
因为缺少
诗情画意而干瘪，只有木头木脑的冷空气
冻结在
皮肤上。有朋友戏谑地说我真是幸福

能够在夏天
体验冷空气是一种幸福吗？我真是
无言以对

在单调的说话声在时间里响起，我不能
诉说我的心情
那一言一语是空洞的，我聆听着声音
仿佛是聆听
岁月在慢慢地逝去。我在时间里等待什么
是等待熟悉的
凝注，是等待大病初愈，还是在等待
诗的悄然而至

2011 年 11 月 13 日

读《胡风传》

致 M.Z

他走向死亡，这是每一个人要走的道路
他步履蹒跚
无论是孱弱还是无奈，他终要迈出这一步
他终要走出迷惘
生活没有告诉他的真理，时间会告诉他
是必然还是偶然
在于无深处，他踩响了那一枚定时炸弹
他，一介书生

怎么能理解桃红柳绿的年代，会有
浓浓的狼烟四起
有人躲藏在黑暗的角落，写着见不得人的文章
每篇文章
都是一把匕首投向他，他顿时成为众矢之的
他晕头转向
谁是朋友，谁是敌人，他扪心自问
答案是一副锃亮的

手铐。手铐铐住了千言万语，（还有什么
比面临深渊
而不自知更危险的处境），冰冷的手铐
铐住了他
作为人的尊严，铐住了属于他的那一朵自由的云
铐住了

他的幻想。他的铮铮铁骨坐穿了牢底
他终于走出欺骗

没有人能够选择自己的人生，襁褓中的婴儿
不知道
诞生就意味着死亡，死亡与千难万险
都沉沉地压在
每一个人的头上，陶醉是真实的，悲哀是真实的
除了默默承受
别无选择。他一直走向死亡，在死亡中他获得
永远的解脱

2011年11月4日

病房之夜

致 L.Y.W

病房之夜，痛苦一阵一阵地呻吟着
充满着
漂白粉浓浓的味道，蚊子叮在沉默的墙上
吮吸着
时间的血；灯光点亮着一扇一扇方形的窗户
沉默是
方形的；希望像玉兰花一样绽放在夜的黑色中
白色的墙

让我们寸步难行。点数着单调的灯光，灯光
此起彼伏地
点亮或熄灭，没有看见灵活的手指触碰黑影
星星徘徊在
云朵中，点数着单调依然单调，无论多少次辗转反侧
红色的性格
或是黄色的性格都无济于事。在医院里
女人不再是女人

男人也不再是男人；痛苦没有性别，不分彼此
在静谧中
X 光穿透怀疑，病人与病人一样
灵魂出窍
有人看见墙上刻着的谜，有人看到模糊的
脸的轮廓

生命追逐着同一条生命之河，将死亡留给先知先觉的
释梦者

有炙热的风穿过病区宽敞的走廊，穿着
白大褂的
男人和女人，穿过静谧，将夜留在漫长的匆忙中
匆忙的
步履没有留下匆忙的痕迹；挂满盐水瓶的
撑杆上
滴注着起死回生的药液，只有勇敢的微笑
让人念念不忘

2011 年 10 月 2 日

一支圆珠笔

不小心，我摔坏了一支圆珠笔
我的惊慌
四分五裂，我捡起一段小弹簧
一个小螺帽
却捡不起一缕落在地上的目光
望着细小的零件
我一筹莫展，我不知道自己的聪明
是否能

衔接好现实。笔对于我是太重要了
我用笔
描绘晨曦天空飘过的一朵彩云
我用笔
勾勒一片树叶青翠的绿色
滚动在
花瓣上的不仅仅是露珠，还有
笔尖轻触

心灵闪光的瞬间，笔尖为我在纸上
保留了
我对生命永恒的热爱，虽然对于我
永恒是
那么短暂，稍纵即逝；圆珠笔
是我在

世界上最亲密的朋友，如同美丽的语言
那么熟悉

望着七零八落的小零件，我无可奈何
我不知道
我的灵感能否重新拼凑起一支完美的笔
一段时间
否定了另一段时间，在手忙脚乱中
我竟然
拼凑起那支残破的圆珠笔，我的自信
完好无损

2011 年 6 月 24 日

夏天的果实

夏天成熟了，满眼是金色的枇杷
一串一串
挂在目光里，那青涩的渴望变成鸟语
我只是
默默地注视着，无动于衷；当那一曲
《我心依旧》从外天
飞来，那才是我的夏天，夏天因为你
变得精彩夺目

那逝去的往事历历在目，仿佛就在昨天
一切都会过去
一切都不会过去，那些美丽的时间就像
金色的

枇杷闪闪发光，没有吃过枇杷
不要说出
枇杷的味道，无论是酸涩还是甜蜜
只能意会

不能言传。将飞翔留给鸟类，将果实留给夏天
我和你
将回忆留给思念，曾经热烈地相思过
这情感没有
消失，时间飞逝，让理解在诗行中沉淀
凝聚成永恒
也许还有许多年，让我和你值得
充满依恋地回首

夏天就会过去，但明年夏天依然会悄悄来临
我们抓不住夏天
我们摘下金色的枇杷，将果核留在心上
如同将情感
种在默契中，神不知鬼不觉
我们才能在
死亡之前，体验生命的欢乐和辉煌
始终不渝

2011 年 6 月 12 日

读《浮云》

致林芙美子

读《浮云》。如果没有雪子的故事
浮云是两个
抽象的字。雪子是一朵浮云吗？
云无依无靠
居无定所；没有人会去探悉雪子
讳莫如深的
心事，只有女人才能理解女人
只有经历过

磨难，才能理解磨难。雪子曾经
有过一段
幸福的青春岁月，这是一段刻骨铭心的
记忆；而在
战争的废墟上，是找不到幸福的
雪子
如同坠入万丈深渊，任何一根稻草
她都会

紧紧抓住不放，这是人性的本能。富冈是她的
救命稻草吗？
当雪子的单纯破碎，她就不再是女人了吗？
她的堕落
是被风霜雪雨逼迫的，生活又是怎样一个
长者
曾经唆使多少男盗女娼；雪子能够
相信岁月吗？

雪子终死在心爱的富冈身边；而富冈
已对她没有
爱恨情仇，形同陌路。这是不是
两朵浮云
相聚而后飘散的一段难以言说的历程
雪子
是一朵火烧云，还是一朵层积云
没有人知道

2011 年 5 月 21 日

说

致 L.Y.B

听你说自己。在我们彼此告别了青春岁月
许多年的风风雨雨
千言万语都融进了你的侃侃而谈
手捧一大杯
茉莉花茶，有浓郁的芬芳飘散在空气中
肖邦的
《华丽大圆舞曲》在忽隐忽现地弹奏着
我们拥有默契

你浑厚的语音振动着回忆，我们在许多年后
相逢在
一本诗集里，那温文尔雅的诗句
说出了
我们在青春时代没有敢说出的情感
我们疲惫的心
经历了许许多多的挫折之后，你纯粹的
语言

没有受到污染。我们回忆着慈蔼的双亲
那当年的
米兰依然盛开在语言中，阳光依然璀璨
死亡留给我们的

时间不多了，如果我们能够再活一次
我们的
青春是否依然如花似玉；我们是否愿意再经历
一次坎坎坷坷

你说有一片冰西瓜，曾经给你带来一段幸福时光
我默默听着
那一片冰西瓜超越了多少时间，在你的唇边
依然甜蜜
我沉浸在你的声音中，坦诚让我觉得心的距离缩短
你的声音
温暖着我的孤独，那是我一生
所渴望的理解

2011 年 4 月 19 日

秘密

致 D 君

秘密是砒霜，没有人知道当秘密藏进
宫廷的
金盘中，曾经断送了一个中国皇帝年轻的生命
二千御林军的
威严，在秦砖汉瓦下消失殆尽
秘密
躲过了历史的审判，在广袤的土地下
生根发芽

秘密在继续，人们做梦也想不到
一只无形的
铁拳捏碎了一个黑色的秘密
从泥土下
挖掘出四个毒瘤，那像土豆一样的毒瘤
曾经雄霸中国
多少年，只有一个死者为之痛哭流涕
没有人驻足

没有人怜悯。秘密还在继续，贪赃枉法的秘密
高考枪手的
秘密，暗渡陈仓的秘密，大大小小的秘密
疯狂旋转

人们疯狂旋转，时间注视着人们的
一举一动
人们陷入各种各样的烦恼中，时间是最后的
赢家

秘密还在继续，阳光不能穿透秘密
那些讳莫如深的
秘密，藏在人们的心中，心在秘密中腐烂
说出真相的人
会被掴上几个巴掌，所有的秘密
都指向
一个巨大的秘密，而人们只能像
哑巴一样沉默

2011年3月15日

读《黄昏时出发》

致布莱恩 · 莫顿

打开书，一个老人向我们慢慢走来
他穿着
一件臃肿的大衣，戴着一顶厚重的帽子
但是
我们没有理由讥笑他，因为他是
我们的
明天，我们总不至于讥笑自己。我们
始终很愚蠢

老人不会责备我们，因为他拥有老人的
睿智和宽容
老人也曾经拥有过青春，有过英俊的
微笑
虽然他步履蹒跚，虽然脸上的皮肤
开始松弛
他的眼睛里仍然放射着神采奕奕的光芒
他的心依然年青

老人有老人的烦恼，我们有我们的烦恼
烦恼就是人生
我们曾经一贫如洗，只能画一只手表在手腕上

我们不在意
旁人的蔑视。当我们逐渐老去，只能握着一把
药片
将痛苦一同咽下。看老人的心脏发生了问题
他的双膝

也已经软弱无力，没有人能帮助他
如同没有人帮助我们
他是不是作家无关紧要，当他从昏迷中醒来
一瘸一拐
依然坐在打字机前，他要把最后的美丽留在纸上
他的早逝的
妻子，在打开天堂门之前，为老人和我们
虔诚祈祷

2011 年 2 月 27 日

听苏联歌曲《在遥远的地方》

致 L.Y.N

当歌声响起，一缕柔情涌上心头
绿色的
青春岁月在阳光中一览无余，有的朋友
销声匿迹
有的朋友病故，而我们还在，我们
在为明天
准备些什么，我们不知道。遥远的明天
就是今天

歌声打开了一扇通向世界的窗口，让美丽
在四下里
弥散；我们知道，我们的心还没有衰老
我们的心
还能为一首歌曲而触动，我们还能在
经历多少艰辛之后
睁大清澈的眼睛。我们的眼睛里
揉不进沙

歌声还在缠绵委婉地唱着，那一片翻滚着的
金色麦浪
将我们带回初夏的酷热，我们曾经像歌中
唱的那样
等待过亲人的消息，等待过远方的来信
而只有
经历过等待的人，才能知道等待的痛苦和
焦灼后的喜悦

一只无形的手推着我们，将我们推向时间的尽头
而时间
是没有尽头的，那就是将我们推向死亡
我们经历过多少坎坷
经历过多少风风雨雨，我们忘记了应该忘记的
我们记住了
应该记住的，我们才能毫无畏惧地面对死亡
面对白玫瑰

2011 年 2 月 23 日

听歌曲《朋友，别哭》

致 L.Y.H

天寒地冻，锁一股暖流在屋中。我的心
是冰冷的
听一曲《朋友，别哭》，泪珠在我眼眶里打转
我忍住悲伤
绝不认输。我那知心知底的好朋友，今在何处
他是否
听到了我托风传达的渴望，他是否听到了
我的心声

雪在我的思绪中飘飞，冻结成冰，孤独的
梧桐树

不理解我，芬芳四溢的水仙花不理解我
歌声
从左边飘到右边，我的心静如止水
我曾经
多少次寻找知心朋友，我问过天，问过地
问过南来北往的

车轮；石头没有回答我，高墙没有回答我
只有静谧
一次一次打断了温柔的歌声，虽然歌声
是那么轻盈
虽然只有短短的几句歌词，却像一柄
锋利的
刀刃，扎在我心中的痛处，谁与我一起
分享歌声

痛处没有血。歌声在反反复复地吟唱
那是我
渴望的声音，不断地回响于空中
他是否
听见了歌声，对他的思念在歌声中复活
忘不了
那些美丽的青春岁月，歌声穿过了岁月
在思念中凝固

2011 年 1 月 23 日

风

听风声肆无忌惮地吹着，树叶沙沙作响
我的幻想
缥缈无际，风从屋子的左边吹向右边
你的影子
忽隐忽现，我的思绪纷乱如麻
我不知道自己
为什么犹豫不决，有树叶飘下
落在我心上

树叶落下就再不能回到从前；如同
我的思念
再不能回到从前，思念木木的，感觉木木的
是刻板的
生活，磨蚀了我的热情，还是我已不再年青
我没有
听到乐声，我在追随风声鹤唳
胡思乱想

风吹过我心上，一缕思绪和落叶一样轻盈
风带走了
惆怅，将悲哀留在寒冷的漫漫长夜
玻璃窗
在颤抖，恐怖的传说消失在夜的缝隙中

只有时间
在继续，一成不变；只有诗歌在继续，柔弱的
文字

并不惧怕风。诗句在黑夜中涌动，但是
杂乱无章
那从前的字迹已经褪色，我不知道怎样
重新拾起笔
书写平凡的生活，风吹乱了纸张上
横七竖八的
折痕，那风中飘过的乐声，依然
使我心醉神迷

2011 年 1 月 6 日

当他不在的时候

致 L.Y.H

当他不在的时候，不认识他的人依然不认识
而对于
熟知他的人则有切肤之痛；我在镜子里寻找自己
在倒映的
波光里寻找柔情；诗歌像云像雾，穿过手掌的
幸福刻在光洁的
额上；璀璨的阳光下遍寻不着的诗友
像墓碑

耸立在眼睛里。眼睛直视着寂寞，寂寞是
书籍的
朋友，当我捧起书，书籍刻骨铭心
我一再寻找
往日的承诺，海誓山盟融入血液，不需要
经历时间的
考验，陌生的问候来得不迟不早
总是时候

秀美的字体跳着陌生的舞蹈，不能熟视无睹
书让人神采飞扬
在某某人脸上看到若无其事，一句冷言冷语
就像刀一样
置人于死地，而不见刀痕；为了逃避死亡
我选择

在音乐里听故事，在思索里听回声，任凭
某人的表情

僵化。岁月就是钟摆飞快地摆动着
花开花落
我在落满花瓣的小径上寻找他的足迹
他的足迹
留在诗行中，因此我就厮守着沉默的诗行
让静谧
沉淀，虽然无须语言，我依然在镜子里
看到他的影子

2010 年 12 月 18 日

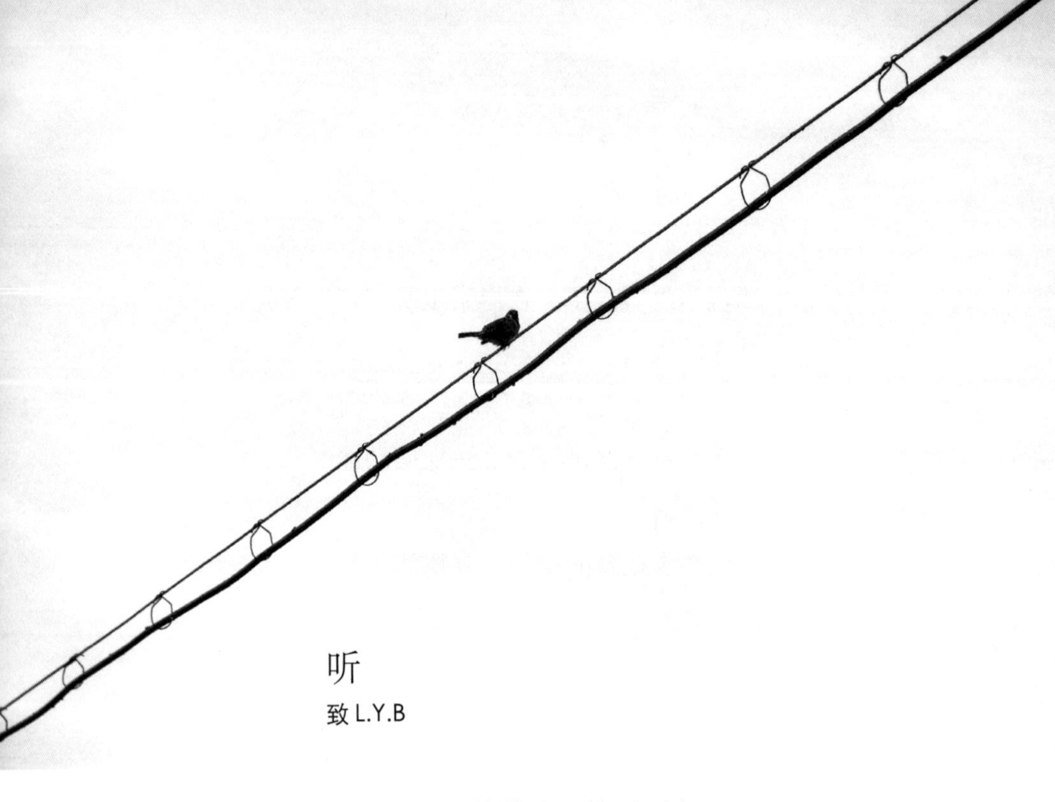

听

致 L.Y.B

听风。听风载着秋天扑面而来
那意大利的
丘岭，掀起尘沙，落在你的唇边
我听懂了
你的嘴唇，那遥远而温暖的风
吹动了
你的记忆，我的心情是轻松的，随着
你的

青春漫游。我听你摘走了玫瑰花瓣上的露珠
听一地鸡毛
飞扬的声音，我不知道鸡毛的代价
而那只
捣乱的狗在画笔的顶端狂吠
我在黑色与

红色之间寻找狗的影子，你将沉默
钉在画架上

我全神贯注地聆听着，聆听是无须流血流汗的
白色的
云彩在你的手掌间飘过，那湿漉漉的感觉
留在语言间
只属于你；你抑扬顿挫的声音，洋溢着
炽烈的热情
你从寻寻觅觅中开始，并没有在寻寻觅觅中结束
我没有听见

你心爱的画笔落在蟋蟀的鸣叫中
当你重新
捡起画笔，时间在你的眉宇间落下，化为
一片黄叶
我听萧瑟的风吹散了满树的孤独
只有厚实的
画纸，在铺展开的轻微动作中，有五彩的
颜料流淌

2010 年 12 月 2 日

追梦的人

致 L.Y.B

秋意凝聚成树叶的形状，一片一片地
飘落
秋天在脚踝边翻卷着，我们在梧桐树下
告别年少的
时光，告别米兰的芬芳。我们是追梦的人
虽然梦是
那么迷迷糊糊的，虽然脚印也是那么
迷迷糊糊

缥缈无际的梦，不似飘飞在天边的风筝
那飞翔的
风筝随风扶摇直上，有一根绳索紧紧
缠绕着
而梦是不能用绳索捆绑的，梦追随着
自由
追随着无边无际的阳光。我们第一次
发现自己

我们曾经坐在村口的老槐树下，厮守着
不在黑夜
来临的梦，我们聆听静谧，聆听梦
飞翔的
声音；我们用泪水埋葬往昔，埋葬春天
我们用血

诠释生命，诠释梦；不管崇山峻岭是否相信
不管蓝天白云

是否相信。我们是执着的，而执着是看不见
摸不着的
我们曾经分别且遥远，而凭一片秋叶
我们重新相识
你滞留在我的诗行里，我穿过你五彩的画页
我们重新
找回了青春，追到了梦。而梦需要我们用一生
去守护

2010年11月19日

美丽的裙子

致 L.J.M

征服女人，从征服五彩斑斓的裙子开始
每一条裙子
都是一种诱惑，吸引着女人妩媚的目光
纤纤之手
触不到繁花似锦的深处，每一个女人都是
愚蠢的
锃亮的镜子，轻而易举就能欺骗女人的心
谁能猜透

女人成千上万的心思，女人不能抵御华美的诱惑
晶莹剔透的
玻璃橱窗，让女人眼花缭乱，乐不思家
对生命的
渴望，女人永不衰老；渴望和金钱在女人的
灵魂里挣扎
金钱蚀透俏丽，还是俏丽点缀生命
孰知孰不知

女人在寻找夏天最美丽的裙子，这是女人
一生的寻找
夏天的炽热如同女人的渴望，火烧火燎
让女人
不能有片刻的安宁，穿过一条又一条大街
女人迷失在

千条万条的裙子中；她是看花了眼，还是
无所适从

爱美是女人的天性，面对着数不清的
诱惑和静穆
女人徒然睁大眼睛，一次又一次地挣扎
不让绯红的
脸颊泄露心事，终于笔直走向一条紫花的
裙子，圆满了一个
夏天的梦，没有人知道女人的梦幻在夏天
能持续多久

2010 年 9 月 18 日中秋节

听贝多芬《D大调小提琴曲》

当琴声响起，在白色的浮云中飘飘荡荡
我寂寞的心
仿佛重新体验着温柔，那说不清讲不明的
思念
就那样径直地投向阳光，夏日的阳光
是炽烈的
如同我的思念让我热血沸腾，但是
无人知道

思绪被渴望塞满，渴望使我美丽
镜子藏在
思念之后，我要把赤裸裸的语言
写成诗
然后含情脉脉地装订我青春的扉页
贴在有梦的
天空，让所有的人都知道我们缠绵的
恋情

让温柔的琴声飘过青草，飘过花丛
让我们
铭记青春，铭记夏日。什么都不会忘却
让琴声
证明我们炽烈的恋情永不褪色
我们无怨无悔

虽然不能见面，我多想深深地拥抱一次
如同拥抱夏日

让思念的一吻，留在心中，留在渴望中
只有阳光
每天轻柔地抚摸着我的脸颊，让我喜悦
悠扬的琴声
千回百转，那个百年前的明媚夏日
就像今天一样
就像这刻骨铭心的一刻，融入时间
融入血液

2010 年 9 月 1 日

观看电影《袁隆平》

当他走上青青的田埂，他就没有回过头
就像一个英雄
毫无畏惧地面对死亡。没有人知道
他的心愿
消灭饥饿。当他拿起心爱的放大镜
黄金般璀璨的
稻谷，历历在目；放大镜放大了他的期待
放大了希望

当他拔掉一排稗草，有如拔掉一排
冷嘲热讽
诋毁和残暴，残暴的手砸碎了坛坛罐罐
他心碎了
他没有气馁，他要完成的夙愿赋予他
勇气和力量
他要探索世界的奥秘，没有人
能够阻止他

没有人能够告诉他走向成功的捷径
太阳沉默着
月亮沉默着，他只能与稻谷对话
而稻谷
也沉默着。岁月飞逝，年复一年
日复一日

没有人知道，每一次失败后的寂寞
寂寞是一把刀

没有人知道失败了多少次，没有人知道
哪一次失败
预言着成功；当一棵杂交稻结满了谷穗
当他的
放大镜在颤抖的时候，在十多年的奋斗中
他终于
在稻穗旁，完成了蝴蝶般美丽的
蜕变

2010 年 8 月 6 日

蓝色的雨靴

一个穿着蓝色雨靴的女人走过大街
蓝色的
伞面滴着雨珠，有充满欲望的目光
紧紧的
盯着她，她没有回头。那雨靴的
蓝色
是那么刺目，让人想起没有雨珠的
晴朗的

一天。没有人知道这女人在想着什么
里姆斯基·柯萨科夫的
一曲《天方夜谭》，让她想起了悠扬的
小提琴声
如同一个少女在娓娓而说的一个故事
雨珠打湿了
女人的长发，没有打湿的是小提琴中
美丽的

旋律。那迷人的乐声轻柔的千转百回
让女人的心
沉浸在阿拉丁神灯的魔幻中，那富丽堂皇的
宫殿在
雨丝中若隐若现，那女人究竟在雨中看到了什么
灰濛濛的

雨天，究竟是什么像神灯一样照亮了脚步
前进的方向

蓝色的伞面依然滴着雨珠，街道依然狭窄
稀稀疏疏的
撑伞人穿过红绿灯，消失在小提琴声的静谧中
而那窈窕的
女人，依然一成不变地前行着，那刺目的雨靴
暴露在
所有睁大的眼睛中，没有人知道雨靴
为什么那么蓝

2010 年 7 月 21 日

诗韵

想你。你在诗歌之外，在诗歌之内
你就是我
艳丽的诗，我独自体验心动的感觉
不需要
任何标点符号。我们一起呼吸花朵的芬芳
一起在
风中手舞足蹈，夏天的炎热和激情
就是诗

最好的韵脚。我们从树林中走出来
从夏天的
蛊惑中走出来，让树影留在身后
我们走向诗
诗是永远不会消失的，诗歌成熟在我们的生命里
我们在寂静中
不知不觉习惯了思念，习惯了仰望天空的
一望无际的蓝色

真想摘一朵石榴花赠你，点缀青春
真想
将诗写成一首五彩斑斓的心灵世界
让我们
在字里行间寻觅各自如梦如幻的诗句
什么都无须说

夏天在我们的诗中，我们在夏天的
诠释里

诗歌是无比美丽的，写成楷书或是草书
都不能
改变柔肠寸断的魅力，诗歌是我们一生的追求
不被人
理解的痴迷，就像钻进了迷宫
我们和诗
走在一条羊肠小道上，小道的尽头
是激情的延续

2010 年 6 月 5 日

纯

纯，就是单纯。她或许是一个女人的名字
是一种淳朴
她绝不会穿着一条精心设计的裙子
临风远眺
她是懵懵懂懂的，不知道自己的花容月貌
当然
不知道以美色做交易。也许，她根本就不漂亮
但是

青春赋予她单纯的气息，使她像一朵白色的
芍药
盛开在深山绝壁上，独自冷艳
她没有
珠宝首饰，也没有情窦初开的羞涩
她只是
长在深山里，经历着夏天的狂风暴雨，秋天的
萧瑟惆怅

只有罪恶的目光才会像砒霜毒死纯
她来到世上
就是注定要经历千难万险和坎坷
如何保持单纯
成为她一生的难题，谁能破解咒语
让那朵

开在绝壁上的白色花朵永远保持
单纯和美丽

任何男人都喜欢单纯的女人，特别是
在经历过
多种磨砺后成熟的女人，有一种魅力
但是纯
会拒绝所有的男人，他们肮脏的手
是摘不到
那株开在绝壁上的纯白的芍药，因为没有一个男人
愿以生命做赌注

2010 年 5 月 28 日

静静的树林

致 Z.J.R

静静的花园，静静的树林
月亮挂在
天空，风清月朗，树林在轻轻地摇曳
挂在树梢的
孤独消失了，我的矜持趋于平静
幸福
是那么静静地充溢着，我沉默无语
我在月光下

翻动着我的诗，如同翻动着岁月的书页
月光镀亮了
我的手指，镀亮了书页；月光是永远的轻柔
熠熠生辉
我徘徊在花园里，静静的山茶花
已经入睡
只有树林在悄悄地唱着一首无声的歌曲
无人听见

树林始终不渝地陪伴着我，经历了多少
凄风苦雨
树叶没有失色，春夏秋冬四季轮回
我在永恒的
月光下，无声地捕捉着如同萤火虫的诗句
往昔就在
幸福中慢慢弥散，百感交集，谁听到了
我的喜极而泣

此刻，我的梦已经像月亮一样圆满
我要将梦
和喜悦统统交给树林，树林见证了
我坎坷的
命运，虽然静寂中没有任何鸟鸣
只有风
吹动了树叶，将我虔诚的祝福，传给
我的朋友

2010 年 4 月 18 日

听钢琴曲《春之歌》

当《春之歌》响起，钢琴的叮当声就敲击着思绪
春天来了
墙角的红山茶花，悄悄地红了一片，我们就此窥见了
春日的美丽
寒冷的冬日即将过去，暴风雨带走了粉红樱花的
绰约多姿
让我们仿佛从一个恶梦中醒来，欣赏着稍纵即逝的
钢琴声

不要联想门德尔松，不要采撷山茶花
让我们
静静地沉浸在温柔的琴声中，这琴声跨越几百年
依然楚楚动人
琴声无痕，思绪无痕，只有青春的血
在琴声中
沸腾，那琴声无须诠释，缠绵悱恻就是
最动人的

终有一天，我们会青春不在，而这千娇百媚的
琴声依然
琴声将击破死亡的重重包围，将世界有如花园一般
点缀
山茶花作为春日的象征，将是花团锦簇
为我们

留下一丝芳香的回忆；让我们在红色中
留下

短暂的感悟。时间就这样在琴声中
华丽地
流逝；春天归来了，又会逝去，而逝去后
又会重来
世界就这样年复一年地旋转着，《春之歌》
不会改变
那清新优雅的琴声，将在红色花蕾中
一年一年地绽放

2010年3月15日

美丽的注视

致 Z.W

当你气宇轩昂地走过，我不由自主地被触动
你攫获了
我的注视，摘走了我梦中的水仙花
失去芬芳的
梦开始枯萎，还有没有甜蜜的梦，路人
不能告诉我
你铿锵的步履，让我年轻的心陷入了
猜想

你黑色的背影一言不发，我在忐忑不安中
忘记了
语言。什么样的利刃能够斩断情丝
还我一片

馥郁芳香的安宁，我就这样怀着期待
慢慢的
期待意味深长，路边的梧桐树
知道得更多

我就这样莫名其妙地数着天边的飞鸟
我的异常
不为任何人注意，如同我的心塞满了天边的
白云
异常纯洁。我要将纯洁奉献给你
你已经
走远，越走越远，仿佛从没有经过我的
注视

如果你不再回眸一笑，我依然为你等待
也许等待
会有一个结果，也许一无所获；也许一无所获
就是一个
结果。为了我那美丽的注视不被忘却
我将妩媚的
目光保留在心上，只为你深藏在另一个
不开花的梦中

2010 年 1 月 2 日

小心翼翼

穿着高跟鞋走路，小心翼翼
高跟鞋
闪闪发亮，就像我们曼妙的舞姿
是城市
亮丽的一道风景，铿锵的走路声
是清脆的
敲击声，踩着耳朵的节奏，我们会在
一丝满足中

找回青春的感觉，青春是永远
不会忘记的
一个词汇。小心翼翼地走路，特别
是踩在
大理石的路面上，高跟鞋
如履薄冰
我们即使是在摔倒以后，依然找不到
脱鞋的理由

对美丽的渴望，让我们甘愿赴汤蹈火
这就是
女人的心理，既简单又复杂，男人永远也
不能理解的
嗜好。人生的路上，我们要小心翼翼地走
一个忠告

也许胜过许许多多的语言，女人轻易不肯
打开心扉

就这样小心翼翼地踩着凝重，踩着
惊慌失措
那惊慌让我们想起险峻的崇山峻岭
女人的
疯狂是不可理喻的，我们要在倾慕的
目光中
找回青春；虽然我们的黑发里已经有了
风霜的痕迹

2009 年 11 月 15 日

秋天

写一首没有我的诗歌，让你猜一个
窈窕的
影子，身处何地。秋天在角落里
鸣叫着
凉意，有风从树枝上轻轻滑落
如同一只
纸飞机，你捡起的不是秋天
秋天

已融入桂花的芳香中；有秋意的
红石榴
砸在头上，不需要为未来悒郁
岁月会
永远存在，如同这滚圆的石榴果
不必打开
窗户，树叶也会探进窗口
述说秋天

南方的气候里没有飘飞的红叶，但是依然有
山茶花
簇簇绽放，没有我的秋天会继续。你会在花丛中
捡到一只
金色的发夹，没有人知道是谁遗落的
会有惊喜
并捡起；但是你捡起的发夹没有任何意义
金色的

发夹只有长发的姑娘所拥有，你不会弃之不顾
你要在
发夹中找一个浓郁的秋天；秋天无语
花朵无语
只有你的青春的步履测量着无边的秋天
蓝色的
天空映入你的眼睛，你将会厮守着白云
一朵又一朵

2009年10月20日

插图部分摄影者

（数字为照片所在页码）

钟建明　9/10/16/19/23/31/33/35/39/41/49/52/55/62/65/67/69/73/79/99/103/115/123/125/129/131/139/140/145/151/157/161/163/165/166/169/175/183/209/221/224/229/231/233/234/241/247/249/253/255/265/266/

崔　楚　21/24/27/56/75/101/133/155/159/192/245/

刘靖坤　13/28/37/42/45/47/50/58-59/70/89/90/92-93/95/97/105/113/119/134/136/173/177/181/196/215/217/236/

图书在版编目（CIP）数据

蓝色的雨靴／彭小梅著 . —上海：华东师范大学出版社，2016
ISBN 978- 7-5675-5641-6

Ⅰ . ①蓝… Ⅱ . ①彭… Ⅲ . ①诗集 – 中国 – 当代
Ⅳ . ① I227

中国版本图书馆 CIP 数据核字 (2016) 第 192679 号

蓝色的雨靴

著　　者　彭小梅
审读编辑　辛　莱
责任校对　王丽平
封面设计　吕晓菁
版面装帧　高　山
摄　　影　钟建明等

出版发行　华东师范大学出版社
社　　址　上海市中山北路 3663 号　邮编 200062
网　　址　www.ecnupress.com.cn
电　　话　021-60821666　行政传真　021-62572105
客服电话　021-62865537（兼传真）
门市（邮购）电话　021-62869887
门市地址　上海市中山北路 3663 号华东师范大学校内先锋路口
网　　店　http://ecnup.taobao.com/

印 刷 者　苏州工业园区美柯乐制版印务有限责任公司
开　　本　700×1000　16 开
印　　张　17
字　　数　155 千字
版　　次　2016 年 8 月第 1 版
印　　次　2016 年 8 月第 1 次
书　　号　ISBN978-7-5675-5641-6/I·1582
定　　价　38.00 元

出 版 人　王　焰

（门如发现本版图书有印订质量问题，请寄回本社市场部调换或电话 021-62865537 联系）